文春文庫

モネの宝箱

あの日の睡蓮を探して

一色さゆり

文藝春秋

主な登場人物

桜野《さくらの》優彩《ゆあ》
アートの旅に特化した旅行会社・梅村トラベルの新入社員。初対面の相手とすぐに打ち解けられる、明るい性格。

志比《しび》桐子《きりこ》
梅村トラベルの敏腕社員。前職は画廊に勤めていた。夫とは別居中で、一人息子がいる。

前巻のあらすじ

仕事を失い落ち込む優彩の元に届いたのは、「アートの旅」へのモニター参加の招待状。行先は瀬戸内海の直島だった。そこで出会ったツアーアテンダントの桐子とともに島内のアートを巡るうちに、生きるヒントが見えてきて……。桐子に誘われた優彩は、彼女の職場・梅村トラベルの新人ガイドとして人生を再出発することに。

モネの宝箱

あの日の睡蓮を探して

パソコンの脇に、モネの《睡蓮《すいれん》》が飾られている。

去年、直島《なおしま》を旅したとき、地中《ちちゅう》美術館で買ったポストカードだ。ゆらゆらと反射する青い水面《みなも》に、白い花が浮かぶ。目を凝らせば、数え切れないほどの色が重なって、夢のような世界を織りなしている。

桜野優彩《さくらのゆあ》はそのポストカードを、困ったことがあるたびに眺める。どんなに気持ちがささくれ立っても、落ち着きを取り戻せるからだ。この絵には、人の心を癒《いや》す力があるらしい。たとえば、今だってそうだ。

切ったばかりの通話の相手は、毎年、社員旅行の手配をここ梅村《うめむら》トラベルに頼んでいる企業の担当者だった。宿泊先は三ツ星ホテルにしたいとか、貸し切りバスで推しの芸人さんに添乗員をしてほしいとか、わがままな要望が多いわりに予算は少ない。

それなのに、優彩は「検討をさせてください」と、その場しのぎの答えをくり返してしまった。通話を切ってから、自己嫌悪に苛《さい》まれる。

自分の意見をうまく口に出せないときが、優彩にはあった。できない、とその場で断言できないのは、昔からの性分《しょうぶん》で、今の旅行会社に転職しても変わらない。自分より周囲を優先できると言えば、善人のようで聞こえはいいが、ビジネスの場面では、ただの仕事のできないダメなやつになる。

向かい側のデスクにつく先輩、志比《しび》桐子《きりこ》の方を一瞥《いちべつ》する。

電話対応をしている桐子は、てきぱきと受け答えをしながら、「いえ、それはできかねます」と、対照的に、丁寧な説明を加えている。自分のように相手を混乱させることも、怒らせることもないのだから、やっぱりすごい。

比べるのもおかしいが、二十六歳になる自分とたった四歳差とは思えない。桐子が身にまとう細身の黒いパンツスーツは、姿勢がよく背の高いスタイルや、てきぱきと仕事をこなす凛《りん》とした姿によく似合っている。

受話器を置いた桐子は、顔を上げてこちらを見た。

「大丈夫？　泣きそうな顔してるけど」

「いや、じつは……うまくいっていないんです」

桐子とは、小学校の頃、同じ造形教室に通っていた。そのことを思い出し、少しは距離も縮まったが、オフィスで話すときはつい敬語を使ってしまう。優彩がどうしても自分を卑下し、仕事のできる桐子に遠慮してしまうことの表れでもあった。

今の取引先とのやりとりについて簡単に報告する優彩に、桐子は穏やかに肯《うなず》き、「あとで、一緒に解決策を考えましょうか。そろそろ外出の時間だから」とほほ笑んだ。

この日は、梅村トラベルの社長の知人とアポがあった。

「そうですね」と優彩は立ちあがって、鞄《かばん》を手にとる。

秋は深まるどころか、汗ばむ陽気で日傘も手放せない。

「社長、行きましょうか」

桐子が声をかけたのは、窓際の広いデスクに腰を下ろす梅村社長だ。

社長はいつもほほ笑んでいるような目の形をした、見るからに人のよさそうな初老の男性である。チェック柄の洒落たジャケットを羽織ってボタンも留め、中折れ帽をかぶってオフィスの出口に向かう。

優彩と桐子も、梅村夫人に挨拶をして、あとにつづいた。

梅村トラベルは、夫人以外に優彩と桐子が働いているだけの、こぢんまりした旅行会社である。西新宿の雑居ビルに構えられており、おもての細い路地に出てから、小田急《おだきゅう》小田原《おだわら》線新宿駅まで、三人は徒歩で向かった。

世田谷《せたがや》区にある閑静な高級住宅地に、ひときわ大きな敷地と、洒落た外観の一軒家があった。依頼人の自宅だという。

「すごい、立派ですね」

優彩は見あげながら、口をぽかんと開けてしまう。

「ふふふ、すごいでしょう。お会いする柳橋友哉《やなぎばしともや》さんは資産家ですよ。しかも、一代で築いたそうですからね」

社長はのんびりと言うが、優彩はますます圧倒される。

優彩は梅村トラベルに転職して一年半。少しずつ経験を積んできたが、依頼人の自宅に直接出向くこと、しかも桐子だけでなく社長まで同行することは、これが最初だったし、彼らにとっても珍しい事例のようだ。

——今回の依頼はきっと、大仕事になりますよ。

道中、社長から思わせぶりに告知されたことが、頭をよぎる。

「日当たりもいいし、建物の素材やつくりも行き届いていますね」

桐子はいつもの冷静な口調で分析する。

「こんな家に住めたら、どんな気分になるんだろう」と、優彩は呟《つぶや》く。

「鼻高々じゃないですか？」と、社長が笑って答えた。

門をくぐってすぐに出迎えられた庭には、小さな池まであって驚かされる。オフィス街ではうんざりする暑さだったのに、ここでは秋の香りをただよわせる風が、たしかに吹きぬけていた。

ただし、恵まれた立地にもかかわらず、なぜか庭は全体的に荒れ果て、雑草が好き放題に伸びている。池の水も淀《よど》んでおり、手入れがなされていない未完成の庭、というよりも、ただ放置されている空き地と呼んだ方がいい。

「お待ちしていました」

声がした方を見ると、母屋《おもや》の玄関口に一人の女性が立っていた。

優彩は、社長と桐子につづいて挨拶《あいさつ》をする。

「ご足労いただいて、申し訳ございません」と、女性は丁重にお辞儀《じぎ》した。

梅村社長は帽子をとり、深々とお辞儀をしながら「こちらこそ」とお礼を伝える。

「柳橋の妻で、咲子《さきこ》と申します」

伏し目がちに言った咲子は、仕立ての良さそうな品のある洋服に身を包み、隙のない化粧をしていた。胸の辺りまで伸ばし、ゆるやかに巻かれた黒髪は艶《つや》があって、名刺を受けとるネイルはベージュ色にいろどられている。しかし目が合わないせいか、声が小さいせいか、全体から疲れている印象も受けた。

「お入りください」

家のなかに足を踏み入れると、高級感のあるフレグランスが漂った。真っ先に目を引くところに、大ぶりのブーケが飾られている。黄色や白を基調にした、ヒマワリ、シャクヤク、ダリアといった大輪が、堂々と咲き誇っていた。

さきほど目にした荒れた庭とは対照的で、優彩は不思議になるが、廊下のニッチにもリースや一輪挿しなどが飾られていた。生花もあれば、手作りらしいドライフラワーもある。奥さんはかなりの花好きかな、とも思いを巡らせながら、いつしか優彩は庭のことを忘れた。

案内された応接室には、わけても豪華で、芸術品といってもいい伝統的な生け花があった。ほとんどの洋風のアレンジメントとは一線を画し、青磁《せいじ》の大振りの壺《つぼ》に、余白をたっぷりとって、巧みに菊が配されている。

生けた人の想いが伝わってくるような迫力があった。

「五色《ごしき》の菊ですね」

梅村社長がいつもの軽い調子で呟き、お茶を運んできた咲子が手を止める。

五色？　でも優彩の目には、黄色と白色と赤色しか見当たらない。優彩は首を傾げて

「三色ではないのでしょうか」と、社長に訊《たず》ねた。

「黄、白、赤に加えて、葉っぱの緑、そして水の黒……ですよね？」

社長にほほ笑みかけられ、咲子は肯く。「その通りです」

「菊の花はね、今じゃ葬儀に用いることが多いので、縁起が悪いとか、鑑賞用に向かないとか、敬遠されることもあるようですが、じつは薬効があって、かえって見舞いにふさわしい花でもある……ですよね？」

「ええ」と、咲子は苦笑した。「暑い時期だと、たとえば、バラの切り花は二、三日で痛みますが、菊なら一週間は持ちます。もっと元気でいてほしい、という願掛けにもなり、〝病床に必ず挿《い》くべきなり〟とか〝長生《ちょうせい》の仙花《せんか》〟とも言われます」

咲子は声のボリュームを抑えながらも、よどみなく答えた。

「生け花をなさるのですね？」と、社長は訊ねる。

「お粗末な腕前ですが」

話を聞きながら、咲子が自分で生けたのかと感心すると同時に、誰かの健康を願っているのだろうかとも思う。

「ご謙遜《けんそん》を。この菊も、活き活きとしたエネルギーを感じますよ」

社長に同意を求められ、咄嗟《とっさ》に、優彩も肯いた。

「生け花のことはわかりませんが、この作品は好きです」

しかし咲子は無言で一礼しただけで、「では、夫を呼んで参ります」と消えていった。

応接室の出窓に視線をやって、庭の存在を思い出す。ここから眺めるために設計された庭なのだろう。完璧な配置ゆえに、手入れされていないことがますます勿体《もったい》ない。そんなことを考えているとドアがノックされた。現れたのは五十代前半くらいの、一人の男性だった。

「どうも、柳橋です」

ソファに座るように促し自らも腰を下ろすと、柳橋はざっくばらんな感じで、社長に向かって「暑いなかお呼びして、すみませんね。本当は、私から出向くべきなんでしょうけど」と切りだした。

「とんでもない。久しぶりにお会いできるのを楽しみにしていましたよ」

「お元気でしたか？」と、柳橋は訊ねる。

「ええ。いつも精力的に動いてらっしゃる柳橋さんと違って、私は年々衰えを感じていますがね」

社長持ち前の自虐的なユーモアに、柳橋はどこか寂しそうに目を伏せた。

「それで、ご用件というのは？」

「旅行を手配してもらいたいんです」

「ありがとうございます。どういった旅行でしょう」

するとと、柳橋は前かがみになって腕を組んだ。

「率直に言って、私はずっと旅行なんて暇な人間がするものだと思っていました。お金があって日常に飽きた老人か、体力の有り余った若者の暇つぶしだろう、そんなにどっかに行きたいかって、正直、馬鹿にしていたくらいです」

「……それは、弱りましたね」

柳橋の口調は遠慮がなく、社長は苦笑しながら頭に手をやった。柳橋は上目遣いでそんな社長を見つめながら、にやりと笑う。それは、経済番組などで時折目にするような、エネルギッシュなビジネスマンの物腰を連想させた。

「おっしゃる通り、旅なんて所詮《しょせん》、消費かもしれません」

「でしょう？　私に言わせれば、ハリボテ的な観光地で記念撮影の行列に並んで、なにが楽しいんだっていう話です」

社長はたじたじになって肩をすくめ、柳橋は満足そうに肯いた。

優彩は、偉そうな物言いだなと身構えながらも、柳橋が放つ独特な空気感に、気がつくと飲み込まれていた。

「でもね、梅村さん。人には変わるチャンスっていうのが、必ず訪れるんですよ」

きっぱりと断言すると、柳橋は窓の外に視線を投げた。

「転機があったんですね？」

社長の問いに、柳橋はしばらく答えなかった。

沈黙が下りたのちに、彼はこちらを見た。

「先日、蟬《せみ》を見つけましてね」

「蟬？」と、社長は瞬《まばた》きをしながら訊《き》き返す。

「瀕死《ひんし》の蟬でした。それを見たとき、可哀相《かわいそう》で仕方なくなった。もう飛ぶ力も残っていないのに、かろうじて生きている。痛みや死の恐怖に耐えながら、余命をやり過ごすくらいしかできない。哀れでした」

柳橋は目を伏せた。社長は固唾《かたず》を飲んで、柳橋を見つめている。

「でもね」

柳橋は切りだし、顔を上げた。目にふたたび力が宿っていた。

「そのあと、こうも思ったんです。たしかに、蟬の寿命は七年七日。幼虫として土のなかで七年も過ごすから、成虫になって地上に出ても七日しか生きられない。でも言い方を変えれば、一生の大半は暗い地底で過ごすとしても、最後に空の下に出られる。ならば、その蟬はつい最近まで、いや、まさにその瞬間も、素晴らしいときを過ごしていたとも考えられます。死ぬ直前だからこそ、です」

柳橋の口調には切実な響きがあり、優彩だけでなく、社長や桐子も聞き入っているようだった。

「なるほど」と、社長は神妙に呟く。「では、その蟬は土のなかからやっと這い出て、外の世界を謳歌《おうか》していたと捉えられるわけですね？」

柳橋はにこりとほほ笑み、小さく息を吐《つ》いて肯いた。

「それでね、今日みなさんをお呼びしたのは、梅村さんをまたうちに招きたかったというのもありますが、折り入って大切なお話をしたかったんです」と前置きをし、柳橋は膝の上に両手を重ねて、声のトーンを落とした。

「旅行のアテンドをお願いできますか？　ただし、旅に出るのは私じゃありません。代理人を立てます」

　柳橋は脇に携えていたファイルから、書類を出してテーブルに置いた。

「これは一人目の代理人の情報です。連絡先や簡単な関係性をまとめているので、目を通して、不明点があれば訊いてください。あなた方には、代理人と連絡をとって、旅行に招待していただきたい。旅費の他、必要になる経費はすべて、私が負担します。みなさんに旅をプレゼントさせてほしい、という体《てい》で連絡してください」

　ただし、と柳橋は話を区切った。

「彼らの旅には、共通した目的があります」

　奇妙な依頼に戸惑うように、社長が「目的？」と呟く。

「一枚の絵を探してほしいのです。誰の、なんという絵かは、確定しています。モネの《睡蓮》です」

　優彩は息を呑んだ。

　ここに来る前も、デスクにあった《睡蓮》のポストカードを眺めていたからだ。

「瀕死の蟬に同情したあと、私はなぜか、その《睡蓮》について思い出しました。そして奇妙にも、毎日のようにその絵が頭に浮かんでくるようになったんです。寝ても覚めても、なぜか忘れられない。あの日の《睡蓮》をまた見てみたい。あのときと同じ気持ちになりたい。そんな夢を抱くようになったわけです」

穏やかな声色から、顔を上げると、ビジネスマンの目つきに戻った。

「ただ、私はいつどこで、その絵を見たのか、どうしても特定できません。国内にあるはずで、だいたいの見当はついているんですが」

「手掛かりはあるんですね？」

「ええ。たとえば、こんな睡蓮もあるのか、と意外に思った記憶があります。やっと見られた、と感動もしました」

「なるほど」と、社長は唸《うな》った。

「でも私には、他にやるべきことが山のようにあります。だから代理人にお願いして、確かめに行ってもらいたいのです」

しばらく沈黙があってから、桐子が口をひらいた。

「柳橋さま。ひとつお訊ねしても？」

「どうぞ」

「芸術作品は、周辺の環境に身を置いて実物を見なければ、わからないことも多々あります。仮に、代理人の方に頼んで、感想を聞けたとしても、柳橋さまが経験できなければ、本当のところはわからないのではないでしょうか？　それならば、インターネットや画集で絵の内容を確かめるのと、大きな違いはないかと存じます」

柳橋は腕組みをしたが、気を悪くしたわけではないようだ。

「志比さん……でしたね。あなたの言いたいことはわかります。理論的には、正しいとも思います。でもね、この依頼には、さっきもお伝えした〝旅をプレゼントしたい〟という、もうひとつの強い動機があるんです。一回の旅ですんなり正解が見つかるとも思っていませんので、何人か候補を考えています。それぞれ選んだ動機は違えど、いずれも悔いを残したくない相手です」

柳橋は桐子を見据えながら、口調を強めた。

「ご存じの通り、私が自由に使えるお金は、世の中の平均よりも多いのです。自分で言うのもなんですが、まぁ、資産家ですからね。でも誰かのために純粋な善意で、お金や時間を使ったことはありません。しかも今の今になるまで、そのことに気がつきもしなかった。『クリスマス・キャロル』のスクルージのように、ありきたりな言い方ですが、私は高慢でした。金儲けのために人を平気で傷つけたこともあるし、長いあいだ誰かを損得なしに信頼したこともない」

そこで、柳橋は話を区切った。その声には、後悔がにじんでいるようだった。

「でも一度くらい、腹を割って自分の望みを誰かに委ねたくなった。御託を並べましたが、結局はただ、それが一番大きいんです」

最後の方は、独り言のように声が小さくなり、柳橋は遠くを見ていた。

「ありがとうございます、とても率直に話してくださって。私は以前から、柳橋さんのそういうところに惹かれていました。やはり柳橋さんは魅力的な方です」

社長の顔つきはいつになく真剣だった。

「では、引き受けていただけますね？」と、柳橋は上目遣いで問う。

「最善を尽くしましょう。こちらの社員二人が、旅先で代理人の方をアテンドし、そのときの様子をすべて柳橋さんに報告するという形式で、いかがでしょうか？」

「お願いします」

柳橋は桐子と優彩のことを、順番に見つめた。

優彩は心臓が高鳴るのを感じながら、姿勢を正して「こちらこそ、よろしくお願いいたします」と頭を下げた。

そのとき、鮮やかに脳裏に浮かんだのは、モネの《睡蓮》だった。ただし、直島の地中美術館で見た一点が、正確に再現されたわけではなく、あくまで抽象的な《睡蓮》のイメージに過ぎなかった。その正体を探ることの難しさを、優彩は漠然と感じた。

第一章　国立西洋美術館、東京

「過去と今をつなぐ睡蓮」

冬晴れの富士山が、強風によって、猛々しくけぶっている。

守下一翔《もりしたかずと》は東京行きの新幹線のなかで、富士山をゆっくり眺めるのは、いつ以来だろうと考えた。半年ほど前まで、私服よりもリクルートスーツの方を着る時間が長く、就活の書類をつくったり、説明会に行ったりするので精一杯だった。

この日は久しぶりに、ジーンズにパーカーという普段着で、背もたれに体重を預けながら、冬枯れの田んぼを眺めている。

——これ、行ってきたら？

一ヵ月ほど前の母とのやりとりを、眠気が連れてくる。

夕食のあと、母から一通の手紙を差しだされた。

梅村トラベルという会社からの封筒である。ただし、郵便受けに否応なしに投函される派手なＤＭとは違って、高級そうな紙質の封筒で、冬にちなんだ可愛い特殊切手が使用されていた。

――なにこれ？

――旅行の招待状みたい。

封筒を開くと、名画が印刷されたチケットが入っていた。国立西洋美術館の入館券だった。たしか、東京、上野にある美術館だ。同封された便せんには、「ご招待します」と書かれている。しかも、往復の交通費など必要な費用も負担してくれるとか。そんな、おいしい話があるだろうか。

――どうしたの、これ。

一翔が訊くと、本来の招待客は父だったという。

理学療法士をしている一翔の父は、今、国内の離島で働いている。単身赴任であり、滅多にこちらには帰らない。高齢化が進み医療施設も十分にはない環境でこそ人を助ける仕事がしたい、という信念のもと奮闘しているようだ。

――チケットの差出人の柳橋さんって方は、昔、交通事故に遭《あ》って、そのときお父さんがリハビリを手伝ったらしいの。そのあとも付き合いがあったんだけど、事業で成功したとかで資産家なのよね。お母さんも会ったことがあるわ。

――へぇ。お父さんが昔、助けた人なんだ。

――すごく根気強くトレーニングに取り組んでいらしたって、お父さんから聞いたことがあるわ。それで、このチケットをどうするのか、お父さんに確認したら、代わりに一翔に行ってきてほしいって言われたの。

――なんで僕が？

――ずっと就活で休んでなかったでしょ？　結果はどうであれ、なにかプレゼントしたいんじゃないかな。

以前から、多忙な父とは直接話す機会があまりなかった。ややこしい頼み事も、母を介してやりとりすることがほとんどだった。父の仕事には敬意を持っているが、物理的に離れて生活しているせいか、どうしても距離を感じる。

すると、母は意外なことを言った。

――じつは一翔も、招待者の柳橋さんっていう人とは会ったことあるんだけど、憶《おぼ》えてない？

――え、いつの話？

――小学校四年生のとき、丸の内の高層階のレストランで、お食事したのよ。

都心の素晴らしい眺望。白くてパリッとしたテーブルクロス。ワイングラスを傾けていた父と母、そして、一人の男性。彼らの話を黙って聞いている、夏休みで東京に遊びにきていた、小学校四年生の自分。

――あー、思い出したかも。

十年以上経った今、〝柳橋さん〟のことを思い出すことができたのには、ある理由があった。

その日、一翔は当時大好きだった電車や駅を、ぜいたくに鳥瞰できるのが嬉しく、料理が運ばれても席から離れたまま、ガラス張りの壁に張りついていた。大切な方との食事なのよ、と母からはきつく注意された。

しかし〝柳橋さん〟はそんな一翔を、なぜか褒めたのだ。

――いいじゃないですか、お母さん。

――でも。

申し訳なさそうにする両親をよそに、〝柳橋さん〟は一翔の前にしゃがみこんだ。

――好きなものがある人生は、それだけで幸せだよ、ぼく。

幼いなりに、この人は自分を子ども扱いせず、対等にしゃべってくれていると理解し、くすぐったいようで嬉しかった。

結局、母から雷を落とされ、一翔はあきらめて席に戻った。でもその人は、それでいいんだよ、と言わんばかりの笑顔を向けてくれた。高層建築が林立する東京の絶景とあいまって、その日の記憶はおぼろげに刻まれている。

*

モネは生涯で、三百点にも及ぶ《睡蓮》を残したという。

一説では、その他に五百点近くの《睡蓮》を破棄したと言われているので、おびただしい数の《睡蓮》を生み出したことになる。もはや晩年は、ほとんど《睡蓮》しか描いていなかった。

浮世絵や太鼓橋など、モネに文化的な影響を与えたとされる日本には、十点を超える睡蓮や水辺の絵画が、各地の美術館に所蔵されている。

「カードゲームの神経衰弱にしたら、かなり難しそうじゃない？」

桐子が冗談めかして言い、優彩は笑った。

「絶対に当たらなそう」

二人は国内にある《睡蓮》の所在をまとめて、柳橋の自宅まで相談に行った。

まず柳橋からの話でわかったのは、彼が探す《睡蓮》があるのは、四ヵ所の候補地に絞られるということだった。上野の国立西洋美術館、箱根《はこね》のポーラ美術館、倉敷《くらしき》の大原《おおはら》美術館、そして京都のアサヒグループ大山崎山荘《おおやまざきさんそう》美術館。

連作である《睡蓮》は、他にも群馬や鹿児島の公立美術館、そして、優彩が梅村トラベルで働くきっかけとなった直島の地中美術館などにも、それぞれ所蔵されているけれど、柳橋いわく、それらは訪れたことのない場所なので除外していいという。

桐子と優彩は、候補地で《睡蓮》が展示される期間を調べて、まずは国立西洋美術館を訪れてはどうか、と提案した。計画が具体化してきた頃、折しも、最初の代理人からの返事があった。

デジタルサイネージが並んだ国立西洋美術館の正門で、「梅村トラベル」のいつもの札を持って立っていると、二十代前半に見える青年が現れた。

「あの、僕が守下です」

身長は優彩と同じくらい。色白で少しふくよかな体形をしており、声も高かった。服装や顔つきから学生のように思えるが、礼儀正しく頭を下げた隙のない物腰は、なんとなく就活生を連想させる。

桐子と優彩が順番に名刺を渡すと、一翔は頭に手をやった。

「すみません、僕、名刺は持ってなくて」

「お気になさらないでください、もちろん」と、桐子がすぐさま答える。

「えっと、農学部で大学院生をしています。よろしくお願いします」

律儀で話しやすそうな第一印象だった。

「今は冬休みですか?」と、桐子が訊ねる。

「はい。でも、あとは修了するだけで、その先は決まっていないんですが……」

質問されていないのに、一翔は口を滑らせる。つい余計なことまで口走ってしまうタイプなのか、それとも、彼の頭の大部分を占めている事実だからなのか。優彩も似たようなところがあるので、ひそかに親近感を抱く。

一翔はハッと顔を上げると、「今日は楽しみたいと思うので、よろしくお願いします」と頭を下げた。

優彩は、美術館の正門をくぐりながら、梅村トラベルに転職する前を思い出す。なにもかもうまくいかなかった自分と、目の前の青年がどこか重なった。

正門は壁の高さが低く、外からも前庭の黒い彫刻群が見渡せた。

優彩はこの美術館を何度か訪れたことがあるが、社会人になって以来、とんと足が遠のいていた。しかも、これまでは企画展が目当てだった。この日、見学する予定の常設展に関しては、作品の量はおろか、展示室の広さも思い出せない。

「たくさん彫刻がありますね」

一翔が真っ先に近づいていったのは、ロダンの《考える人》だった。

頬杖をついて俯《うつむ》いている例のポーズは、実際によく見ると、右ひじを左の方の膝について身体をねじり、しんどそうな体勢に感じた。

「なにを考えている人なんだろう」と、一翔が呟く。

「守下さんはどう思いますか？」

「そうですね……なんか、楽しいことじゃなさそう。悩みとか？」

「悩みがない人って、少ないですからね」と、優彩も同意する。

これまで《考える人》は、テレビや本などで何度も目にしてきたからこそ、崇高な思索にふける男性の姿だと思い込んでいたが、じつは窮屈そうなポーズをとっているせいか、些細《ささい》なことにグチグチとこだわり、自滅的に落ち込んでいるようにも見える。

「考える人っていうより、嘆く人って感じですね」

一翔の言葉に桐子も肯いて、いつもの理知的な口調で切りだす。

「この作品、じつは『考える人』っていう題名をつけたのは、作者のロダンじゃないんですよ」

「そうなんですか?」と、一翔は目を丸くした。

「ロダンの死後、彼の作品を鋳造《ちゅうぞう》していた職人が、勝手にそう呼びはじめただけなんです。ロダンはこの像のことを『詩人』と名付けていました。というのも、この像はじつは単体でつくられたのではなく、詩人ダンテの『神曲』にちなんだ、あちらの大作《地獄の門》の一部だからです」

桐子は一翔の背後を指した。

その先には、高さ五メートル以上はありそうな門がそびえていた。《地獄の門》に近づいてみると、門の上部に《考える人》にそっくりな男が腰をかけている。ただし、サイズは何分の一かだ。縮小された《考える人》の真下では、プールの水中から酸素を求めるように、門の表面から無数の人体が飛びだしている。

「真下に広がるのが地獄だとすれば、『考える人』ではなく『嘆く人』だという守下さんのご感想は、あながち間違っていないんです。それに、ロダンは一八八〇年に注文を受けたものの、亡くなるまでこの門を完成させられませんでした」

優彩は驚きの声を上げ、一翔もわざわざキャプションを確認しにいく。

「つまり、三十七年間もかかったってことですか！　そんなに長い年月をかけても完成しないなんて、まさに地獄……ロダンの狂気を感じますね。まるで《考える人》が、ロダンの分身みたいに見えてきます」と、一翔は腕を組む。

「それこそが、ロダン彫刻の真骨頂なんです」

「どういうことですか？」

「感情や思考といった人間の内面を、彫刻として表現する。当時、写実的な肖像彫刻が主流だった時代に、自分の心を人体像として表現したことで、従来の価値観を大きく変えました。だからこそ、ロダンは近代彫刻の父と言われ、今も歴史に残っています。いわば《睡蓮》などの印象派と同じで、当時の人からすれば衝撃的で、信じられない表現だったんでしょうね」

今見れば、なにも特別には思わないのに、と優彩は不思議になる。

作者が亡くなってから百年以上経つにもかかわらず、多くの人の心に残っている理由を垣間《かいま》見たように思えた。

「ちなみに、西洋美術館に引きつけて話すと、ロダンが亡くなったとき、石膏像《せっこうぞう》のまま遺《のこ》されていた未完の《地獄の門》を最初に鋳造させたのが、ここのコレクションの礎《いしずえ》を築いた松方幸次郎《まつかたこうじろう》でした」

「特別な一点なんですね」

「そうなります」と答え、桐子は作品を見上げた。

桐子の解説を聞いた今、《考える人》も《地獄の門》も、まるで違ってうつる。

一人でじっくりと眺めて自己完結する鑑賞もまた楽しいけれど、こんなふうに人と話しながら考えを深めたり、歴史背景や制作の意図を知ったうえで眺めたりすると、同じものが百八十度違って見えはじめる。

だからこそ、桐子を案内人にしたアートの旅は楽しい。

では、自分にできることはなんだろう――。

優彩は彫刻群を見渡しながら、自分がここにいる意味を省みる。

美術や歴史に詳しいわけでも、堂々と意見を発言できるわけでもない。桐子を手伝うだけの役割を超えて、自分にしかできないことを見つけられるだろうか。というより、見つけなければならない。たとえ今はなくても、この先つくりだしたい。そんな課題を見つけられたのは、少しずつ仕事に慣れてきた今だからこそだ、と優彩は前向きに捉えることにした。

＊

じつは《考える人》は、地獄を眺めながら嘆く人だった——。

一翔はそんな裏話を聞いて、自分の現状をふり返った。

一翔も同じように、まわりを傍観するだけで、為す術《すべ》もなく落ち込んでいる。もう二十代半ばだというのに、社会人になりきれない、宙ぶらりんな状況を悲観しつつ、かといって研究者になるという覚悟も決まらない。

いっそ、同じポーズをとってみようか。

なんて苦笑しながら、コインロッカーに荷物を預ける。スマホの画面を見るが、期待した相手からの返信はなかった。もう気にしても仕方ないのに。

もどかしさを断ち切るように、一翔はスマホをロッカーにしまって鍵をしめた。

一階は、壁の全面がガラス張りになっていて、周囲を取り囲む美しい緑が映える。そういえば外観を見たとき、ピロティになった部分のおかげか、コンクリートでつくられているのに、建物全体が宙に浮いているように軽やかだった。

桐子にそれとなく伝えると、ピロティは、設計者ル・コルビュジエの特徴的デザインらしい。

「へぇ」と興味を引かれながら、彼女の笑顔がまた頭をよぎる。

一緒に来たかったという気持ちから目を背け、もう彼女のことは忘れようと誓う。

——もう会えない。

最後にデートをしたとき、そう言われたからだ。

今ではもう、彼女を誘う資格さえない。


彼女と出会ったのは二年前。大学院の友人から紹介され、彼女の方からデートの誘いや告白をしてくれた。積極的で快活な彼女の前で、まともな女性経験がなかった一翔は、よく気後れしてしまったが、彼女はそんな一翔のことを「出会ったことがないタイプ」と面白がってくれた。

付き合って一年経ったとき、彼女から「実家に来ない？」と誘われた。

彼女からは、よく友だちも遊びにくるし、肩ひじ張らずに食卓を楽しめばいいからと朗らかに言われた。しかし、一翔は慌てた。恋人の親に挨拶に行くなんて、まだ学生だし、結婚も現実的ではないのに気が早い。

しかし、むげに断ることもできず、自分なりに正装して訪問すると、両親はどちらも気さくで話しやすい人だった。母親がつくった料理でもてなされながら、親戚の家に遊びにきたような感覚になっている一翔に、父親はこう切りだした。

――就活はどう？　もう準備は進めてるの？

――あ、いえ。僕は博士課程に進もうかと考えています。

父親は顔をしかめた。

――でも博士号なんて取得しても、将来、家族を養っていけないだろう。研究者として大学に残れるのは、ほんの一握りだし、たとえ残ったとしても、今は少子化でどの大学も厳しくて、薄給のうえ激務って聞くしね。

――もうお父さんってば！　そんな話やめてよ。

彼女は即座に止めた。

しかし、父親はどうやら、ポスドクまで行ったものの定職につけず、精神を病んだ理系の知り合いがいるらしく、その話を滔々《とうとう》とされた。

なんといっても、父親には、男は一家の大黒柱になるべきだ、そのためには正社員として安定した収入を得るべきだ、という価値観が根本にあった。

一翔は衝撃を受けた。青天の霹靂《へきれき》といってもいい。

なぜなら、自分以外の誰かのために働かなければならないとか、その役割が性別によって自動的に割りふられるとか、考えもしなかったからだ。研究者でも経済的に成功する人もいるし、結婚してもなんとかなるだろう、くらいにしか思っていなかった。

――お父さんって、古い考えの人なの。気にしないでね。

帰り道に恋人からフォローされたものの、一翔は不安になった。

自分の将来への見通しは、甘かったのではないか。

本当に、研究の道に進んでいいのか。

そんな迷いが、一翔を急に焦らせた。彼女のことが好きだからこそ、むしろ父親の考え方は真っ当に思えた。とたんに、目に触れるCMやネット記事が、そういう価値観をもとに成り立っていることに気がついた。

その夜、一翔は就活サイトに登録した。思いつきだったが、一度足を踏み入れてしまうと中毒性があり、内定をとることが、なによりも正しいことのように思えてきた。就活の情報を集めたり、説明会に参加したり、自己啓発本を読んだりした。

しかし、どういうわけか、恋人とは溝が生まれた。

恋人のために就活に取り組みはじめたのに、皮肉なことだった。

――お父さんの言うことなら、気にしなくていいのに。

久しぶりのデートで、彼女は悲しそうに言った。

――いや、お父さんから言われたことは、単にきっかけに過ぎないんだよ。僕はちゃんとした仕事に就かないといけない。なにより、僕も内心ずっと、自分なんかがほんとに研究者になれるのかって不安だったんだと思う。自信がなかったんだ。だから凡人は凡人らしく生きていくべきだよね。

しかし当たり前ながら、インターンとして入った企業は利益追求主義で、大学研究室の環境とはなにもかもが違った。テーマの選び方も実験のやり方も、すぐに結果につながる効率のよさが重視された。

――君は、うちに向いていないかもしれないね。

インターン先の担当者から、率直にそう言われた。親切な人だったので、その言葉は重く響いた。結局その企業からは、不採用通知を受けとった。

就活は食うか食われるかの厳しい世界だから、迷いを抱えたままの自分が内定を勝ちとれるわけがない。そうわかっていながら落ち込んで、修士論文にも集中できず、期日までに提出できたものの、納得のいく出来栄えには仕上げられなかった。脇目もふらず研究に没頭していた同級生を横目に、もう後戻りできない自分に呆然とした。

今の一翔は、まさに中途半端だった。

父は、最後に家に帰ったとき、そんな一翔を見かねたらしく、こう助言した。

――お父さんは、一翔の好きなことをやればいいと思うけどな。

たしかに父は、理学療法士として人のために奔走《ほんそう》しながらも、結局は、それが父自身の好きなこと、やりたいことだという姿勢は、決して矛盾しない人だった。父の言葉を思い出していると、ふと一翔は気がつく。

――好きなものがある人生は、それだけで幸せだよ、ぼく。

幼少期に〝柳橋さん〟から言われた台詞と、ほとんど同じだ。父と〝柳橋さん〟は似た者同士というか、同じような信念のもと動いている人だからこそ気が合って、友人関係をつづけていたのかもしれない。


常設展の自動ドアをくぐり、われに返った。

そこは「十九世紀ホール」と呼ばれる、ふたたび彫刻作品が並ぶ空間だった。恋人にフラれたことや先行きの見えない将来を思い出したせいか、さきほど前庭でロダンを鑑賞したときのような興奮は冷めて、一翔は黙って素通りする。

幸い、桐子は自分からは話しかけてこない。こちらから質問をしない限り、やたらと解説はしないスタイルのようだ。

ホッとしながら、一翔は順路に従って二階に向かった。

スロープを上りきると、白い壁と天井に囲まれた、広々とした空間が待っていた。

十四世紀から十八世紀の絵画の展示室だといい、母子像やキリスト像といったヨーロッパの宗教画の他、貴族を描いた堂々たる肖像画がずらりと待ち受ける。しかし一翔はあまりキリスト教や歴史の知識を持たないので、とくに気になるものはない。

ところが、一点だけ、足を止めた風景画があった。

その理由は、たくさんの植物が描かれていたからだ。欧州に古来自生するナラの大樹が、薄い雲のかかった空へと、枝葉を伸ばしている。波打った平たい葉の輪郭《りんかく》が、一枚一枚ていねいに描きこまれている。これだけの面積を葉っぱで埋め尽くすのには、どのくらいの制作時間がかかるのだろう。

監視員の人に注意されない程度に、前傾姿勢になって目を凝らす。陽だまりになった空き地もあれば、鬱蒼とした森の深くにも誘《いざな》われる。葉っぱが枯れた枝に羽を休める鳥や、倒木の影に身をひそめる鹿のそばで、小川のせせらぎが清らかだ。高さ半メートルほどの小さな画面に、驚くほどリアルな森が生みだされていた。

観察眼に舌を巻きながら、キャプションに目をやる。

ヤン・ブリューゲル（父）という画家による、一五九九年の《アブラハムとイサクのいる森林風景》。（父）って、なんだろう？

「……あの」

近くで別の絵――幼い子ども二人を描いた可愛らしい絵だった――を眺めていた桐子に声をかける。

「この絵って、有名ですか？」

桐子はほほ笑み、別の問いを返した。

「気に入られましたか？」

「はい。じつは僕、植物の研究をしているんです」

「そうでしたか」と、桐子は目を丸くした。

「だから絵を見るときも、つい植物の描写にばかり注目してしまうんです。この絵はすごく細かく樹木が描かれていて、つい目を奪われました。ちょっと研究者っぽい視点もあるように思えて」

「守下さんがおっしゃる通り、この絵を描いた画家は、植物の細密描写を多く残していて、森林を舞台にした絵画も多いんです。植物に関心があったんでしょうね」

桐子は絵を見つめながら言う。

なんだか共感できる、と一翔は励まされ、もう少し知りたくなった。

「そのヤン・ブリューゲル……（父）って、どういう人だったんですか？」

「《バベルの塔》で知られるピーテル・ブリューゲルの次男で、兄も息子も画家でした」

「次男だけど（父）か……芸術家一族ですね」

「そのうえ、この時代は親子で名前が同じだったりするので、ややこしくて鑑賞者泣かせなんです。だから（父）とか（兄）とか付けて、区別しているんですが、複雑ですよね」

「なるほど、謎が解けました」

桐子は笑ってつづける。「でも面白いことに、この絵は親子の絆《きずな》をテーマにしているんです。ここ、人のグループが小さく描かれていますよね？」

画面の右下のひらけたところで、ロバに乗る白髭《しらひげ》の老人を中心に、クワや薪《まき》を抱えた人たちが何人か連れ添っている。

「彼らはなにをしているんですか？」

「白髭の老人はアブラハムといって、薪を抱えたイサクという息子を連れているんですが、じつはここに辿《たど》り着く前に、イサクを殺しなさいと神に指示されているんです。だから、この絵は本当のところ、父が息子を殺しにいく場面なんです」

「えっ、息子を殺す？」

「驚きますよね。神は、アブラハムの信仰心を試すために、老年やっと生まれた一人息子を神のために殺せるかどうか確かめようとした。結局、殺そうとした瞬間に天使が止めに入って救われますが、それまでの葛藤《かっとう》や苦悩は、美術作品でくり返し表現されています」

止めてもらえてよかった、と一翔は胸を撫《な》でおろす。

信仰心と、息子の命。そのふたつを天秤《てんびん》にかけたアブラハムのことを思うと、なぜか自分の父のことがまた頭をよぎった。一翔の父も、自分の仕事と家族の時間のどちらかを、たびたび選ばなければならなかったのかもしれない。

よく考えれば、アブラハムのように、二者択一の場面は現実でもよくある。一翔もまた同じように、研究の道と恋人への気持ちを比べて、恋人の方を選んだからだ。この絵は一翔にとっても身近な問題を表現している、と知ったとたんに心に迫る。

「でも、私は思うんです。この『イサクの犠牲』と呼ばれる主題は、本当は、どちらか一方を選ぶことはないと伝えているんじゃないかって」

「選ぶことはよくない、という意味ですか？」

「いえ、そういうわけじゃないんです。どちらかを選ぼうと葛藤することで、自分の気持ちが整理されて進むべき方向が見えるときもあるし、大切な行為だと思います。ただどちらかひとつに選べないことって、往々にしてあるじゃないですか。白黒つけられないのは、悪いことばかりじゃない。そのまま選ばずにいることも、時には必要だと思います。神は、そのことをアブラハムに伝えたかったんじゃないでしょうか」

桐子の言葉は、一翔の胸に響いた。

「また他に気になった作品があったら、いつでも声をかけてください」


常設展示室は思った以上に先へ先へとつづいていき、すべてを集中して見て回るのは、かなり骨が折れた。美術鑑賞は静的で動かないイメージがあったが、実のところ重労働というか、思ったよりも疲れるのだと知った。

でも、心地いい疲れだった。ゆっくりと歩いては、気になる絵の前で立ち止まることをくり返していると、脳がほぐされるというか、リラックスできる。せわしない日常でゴミのように溜まった雑念が消えて、その核にある、本来の自分自身の在り方をじっくりと見つめられるようだった。

順路を進むにつれ、筆触を残さない保守的な伝統絵画から、タッチがほどけ、躍動感や自由さのあふれる絵が目立つようになった。そして一翔も知っている印象派の巨匠たちの作品が、つぎつぎに現れる。

とくに気になったのは、海を描いた二枚の絵だった。

一枚は、荒々しく岩場に砕ける波濤《はとう》。もう一枚は、暗く沈むような嵐。

どちらも時化《しけ》た海を題材とし、一翔の心を惹きつけるが、描き方はまったく違う。波濤の方は、水流を絵具のうねりで細かく表し、泡の一粒まで描写しようという意気込みが伝わる。しかし嵐の方は、平面的で簡略化された筆致で、のっぺりと塗りつぶされている。

「あの、どうしてこんなに違うんですか？」

「というのは？」

桐子が近づきながら、ほほ笑みかける。

「だって、制作年を見たら、三年しか違わないじゃないですか。ここにあるってことは、どちらも美術史を切り拓《ひら》いた傑作ってことでしょう？　でも受けとる印象は対照的なくらい違う気がしませんか」

桐子は「そういうことですね」と肯いた。

「これらが描かれた一九世紀というのは、そういう時代だったんです。さまざまな主義主張を持った芸術家たちが戦い、それぞれの答えを追求していく。たとえば、前者は写実主義のクールベが、後者は近代美術の父と言われるマネが描きました。同時代に生きた二人でありながら、絵画に対する考え方は全然違っていたんです」

一翔は衝撃を受けた。

今まで一翔は、物事の真理はひとつしか存在せず、明確な答えを導きださなければいけない、という思い込みがあった。しかし今、二枚の絵を前にして、答えはひとつではない、それぞれの人にそれぞれの正解があるのだ、という当たり前のことに意識が及んだ。きれいごとでも理想論でもなく、歴史がそれを証明している。

水の表現、海の表現ひとつとっても、こんなにも違いがあって、どちらも甲乙つけがたい輝きを持っているのだから。

*

優彩はその絵を見たとき、桐子に似ていると思った。

その絵には、視線をこちらに投げる一人の女性が描かれていた。白い肌で、頬はバラ色に染まり、胸元の開いた水色の鮮やかなドレスを身につけ、同色のリボンを栗色の髪につけている。手には絵筆を持ち、イーゼルの脇からこちらを覗《のぞ》く。

顔つきや明快な描き方が、自信に満ち溢《あふ》れていた。その自信とは、無根拠になんでもうまくやれるというナルシシズムとは違い、満足いく結果でもそうでなくとも、自分は十分足りているし動じないという覚悟だった。

そういう自信は、桐子にも共通する。自分のやりたいこと、すべきことを理解したうえで、そのために全力を尽くしている。そんな桐子の生き方と、肖像画の女性の強さが重なった。

キャプションを見ると、マリー＝ガブリエル・カペの《自画像》という作品だった。二十二歳の若い女性が描いたことに衝撃を受けると同時に、だから迷いなく輝いているのかと納得もいく。女性画家として歩みはじめた矜持《きょうじ》が、よく表れていた。

「この絵、いいよね」

ふり返ると、桐子もカペの絵を眺めていたので、優彩は声をかける。

「女性画家って、この時代にもいたんですね」

「十八世紀のフランスは、肖像画や静物画の分野で躍進していたからね。フランス革命の影響で、官展であるサロンが女性にひらかれた経緯もあって。彼女たちは今で言うワーキング・ウーマンだった。とくにカペは、結婚して出産したあとも職を失わずに絵筆をとりつづけていた」

「桐子さんみたい」

「えっ、そう？」と、桐子がこちらを見た。

優彩はそうとしか思えなかったが、彼女の方は、意外なことを言われた様子で、ぱちぱちと瞬きしている。

「だって、仕事もできるし、子育てもこなしてるし」

「まぁ、そう言われれば……枠組みにはめたら、ね」

――枠組みにはめたら。

その言葉にはっとして、優彩は反省する。これまで桐子のことを、〝母親〟とか〝好きなことを仕事にしている〟とかいった枠組みにはめることで、じつはその内側で、どんな苦労があって悩みを抱えているかを、あまり想像したことがなかった。優彩にとっては理想の、完全無欠な生き方をしている人。そんなふうに思い込んで、勝手にイメージを押しつけていなかったか。

しかし、そのことを伝える前に、桐子が切り替えるように口をひらく。

「守下さんがつぎの展示室に行ったので、追いかけましょう」

「はい」

優彩も仕事モードに戻りつつ、はぐらかされたような後味が残った。

同じフロアの最後の空間に、モネの《睡蓮》があった。

茶色いフローリングに白い壁と天井の明るい部屋には、豪華な額装のされた絵画がずらりと十点近く並んでいる。中央には、白い台座のうえに彫刻作品も二つある他、ベンチも設置されている。

空間のもっとも奥の、入って真っ先に目に入る正面の壁に掛けられたのが、一九一六年に描かれた《睡蓮》だった。

縦横二メートルの正方形で、優彩には想像していた以上に大きく感じられた。

青と緑が溶けあった水面は、かすかなさざなみの揺らぎまで、踊るような筆で表現されている。そのうえに、明るいピンクや白や黄緑といった淡い色彩で、空の色や日の光を反映した、睡蓮の丸い葉っぱがまばらに浮かぶ。よく見ると、それらは黄色やえんじ色の控えめな花を、ぽつぽつと咲かせている。

画面いっぱいに池の水面が切りとられ、岸辺や橋といった風景要素はない。だから一見、平面的に感じるが、描かれているのは水面だけではなく、池の上空に広がる世界もあれば、底の方から立ち現れる水中の世界もある。それは絵具が何層にも塗り重ねられているためで、見つめるほど、違う世界がその奥に隠されていると気がつくのだ。

「ついに辿り着きましたね」

一翔には事前に、柳橋からの要望を伝えていた。

「えっと、僕は《睡蓮》の感想を〝柳橋さん〟に報告しなきゃいけないんですよね」

一翔は腕組みをしながら、しげしげと眺める。

「はい、ぜひお願いします」と、桐子が答える。

「うーん……どんなふうに報告したらいいでしょう?」

「率直な感想を伝えてください。ただ、もし難しければ、私から守下さんに質問をさせてもらって、それをまとめてもいいですよ」

「ありがとうございます。せっかく招待してもらったので、自分の言葉で報告したいと思います」

「助かります」と、桐子は頭を下げた。

優彩は一翔とともに、キャプションを眺めた。この《睡蓮》は、パリのオランジュリー美術館に設置された大作の、関連作品として考えられているという。松方幸次郎がモネ本人から直接、購入したらしい。完成度も高く、晩年の特徴がよく表れた一点だ、とも書かれていた。桐子も事前に言っていた通り、最初に確認するのにふさわしい。

そのとき、桐子がスマホを手にとり「すみません。ちょっと緊急で返事しなければいけない連絡が来てしまったので、桜野と先に進んでいていただけますか」と断って、展示室を出ていった。

残された優彩は、一翔とともに、しばらく黙って《睡蓮》を鑑賞していた。一翔は顔をしかめ、困ったように考え込んでいる。

「守下さんって、植物を研究なさっているんですよね？」

見計らって声をかけると、一翔は「はい、一応」と頭に手をやる。

「植物学の観点から見ると、この《睡蓮》は、どうです？」

「そうですね……思っていた以上によく観察されていて驚きます。印象派って筆遣いが荒いイメージがあったから、適当に描いているように失礼ながら思い込んでいましたが、この絵は植物学的な特徴をすごく捉えていますね」

「たとえば？」

「葉っぱの形とか。ノコギリの歯と書いて〝鋸歯《きょし》〟っていうんですが、ピンクの輪郭線でしっかり描きこまれている。さきほど別の作品でも植物の描写の正確さに驚きましたが、《睡蓮》もすごいですね。たとえば、水底《みなそこ》や水辺に生えている草だって、水生植物がちゃんと選ばれています」

植物のことを話す一翔は、自信なげな口調から一変し、堂々として目が輝いている。

「お好きなんですね、植物のこと」

優彩は感心して言ったのに、一翔は「えっ？」と目を瞠《みは》った。

「好き、か……たしかに、そうだな」

しみじみと呟いたあと、一翔は気恥ずかしそうに笑った。

「僕は幼稚園児くらいの頃から、なにかを観察するのが好きで、近所の植物を観察してはスケッチしたり、動物の図鑑を見たりしていたそうです。成長してからは、窓からの景色を何時間も眺めたりして、よく親に叱られました」

「では、昔から研究者を目指していたんですか？」

「そういうわけじゃないんですが」と口ごもってから、一翔は目を見開いた。「なぜ植物学に興味を持ったのか、自分でもしばらく忘れていましたが、今桜野さんに訊かれて久しぶりに思い出したかもしれない」

「聞かせていただけますか？」

「全部、素朴な疑問からだったんですよね。どうして美しい花を咲かせるのか。どうしてたんぽぽは黄色で、スミレは紫色なのか。植物は当たり前のようにまわりにあるけど、決して理由なく生えているわけじゃなく、なんというか、根拠のある謎に満ちている。だからその謎を解き明かしたかったんです」

それを聞いて、優彩は、直島でアートに触れたことや、これまでの梅村トラベルでの仕事を思い返した。

「あの、それって、少しだけアートに似ていますね」

「……言われてみれば」

一翔はどこか真剣な表情になって、「桜野さんはこの絵を見て、どう思いましたか」と訊ねる。

「私ですか……そうですね、絵具の重なりがすごいなって、まず思いました。それから、じっくり実物を間近で見ていると、絵描きはたった一枚の絵でも、どれだけの絵具を塗り重ねて仕上げるんだろうって圧倒されます」

「たしかに、実物の《睡蓮》に向きあうまで知りませんでしたが、僕も、こんなにも絵具が重ねられているんだって、びっくりしました。見えないところにも沢山の層があって、それって研究にも通じるなって」

「へぇ、植物の研究も？」

「僕の場合ですけど、研究は地道な観察と記録がすべての基礎にあるので」

「カッコいいですね」

優彩は思わず口に出してから、失礼だったかも、と反省する。でも一翔は笑った。

「そう言ってもらえると、励まされます」

出会い頭で、大学院を卒業してその先は決まっていないと自虐的に笑っていた姿を思い出すが、話しぶりからして、一翔はまだ研究の道に未練があるように感じた。だから過去の自分と重なったのかもしれない、と優彩は腑《ふ》に落ちる。

「私、じつは旅行会社に転職するまで、やりたいことは仕事にしちゃいけないって、ずっと思い込んでいたんです」

お節介かもしれない。一度しか会ったことのない相手のくせに、知ったような口を叩くなと、不快な思いをさせるかもしれない。しかし、せっかく今日という日に美術館に集い、さまざまな作品を見て過ごすという、贅沢《ぜいたく》な時間を共有できたのだ。優彩は伝えずにいられなかった。もう二度と会えないかもしれないからこそ、きちんと伝えたかった。

「その頃、好きなことを仕事にするなんて、私には無理だっていう固定観念があったんです。そんなことをしたら、悪いことが起こるって。今ふり返ればおかしな話ですけど、そういう思考回路を変えられなかったんです」

一翔の視線を受けとめながら、優彩は自身の心を覗きこむ。

「でも一歩踏み出して、今の仕事に転職して、よかったと思っています。自分に呪いをかけているのは、じつは自分自身だったんだなって実感しています」

一翔はふたたび《睡蓮》を見つめた。

「僕も、呪いをかけていたのかもしれないですね」

独り言のように呟いたあと、一翔はこちらにほほ笑みかけた。「今日は来られてよかったです。《睡蓮》や他の名画を見ながらお二人と話せたおかげで、自分の好きなことを再確認できました。〝柳橋さん〟への報告も、そういったことを書こうと思います。

とくに《睡蓮》の前では、心の霧が晴れるんだってわかりましたから」

ちょうど桐子が通話を終えて戻ってきたので、優彩と一翔もつぎの展示室に向かうことにした。

一階に降りると、ガラス越しに中庭に面した、明るい休憩室のような空間に出る。ロダンやブールデルの彫像を見学したり、少し休んだりしたあと、吹き抜けになった最後の展示室を鑑賞した。

すべての順路を巡った一行は、コインロッカーに預けていた荷物を取りだし、エントランスに向かった。別れ際、一翔にはこの日見た《睡蓮》の感想に加えて、周辺で撮影した写真を送ってほしいとお願いした。柳橋が《睡蓮》について、なにかを思い出すきっかけになるかもしれないからだ。

一翔は来館時よりもいい表情で、柳橋への感謝を口にした。

「本当に、ありがとうございました。せっかくなので、上野界隈《かいわい》を観光してから帰ろうと思います。とくに上野恩賜公園や不忍池《しのばずのいけ》は、珍しい植物と出会えるようなので楽しみです」

人混みに消える一翔を見送ったあと、優彩と桐子は駅の改札口をくぐってオフィスに戻る。新宿から山手線で三十分も離れていない、たった半日の滞在だったが、じつに充実した小旅行だった。

＊

一翔は上野恩賜公園の噴水の前で、父からの不在着信に気がついた。

折り返しかけると、すぐに父が応答した。

「もしもし、お父さん？　さっき電話くれた？」

「そうだよ。一翔と話したかったんだ。今日は、東京に行く日だろ？」

「ちょうど美術館を見終わったところだよ」

「いやー、ごめんな一翔。最近とても忙しくて、母さんにチケットを預けることになってしまって」

父の声の向こうから、かすかに潮騒《しおさい》が聞こえてくる。

「いいよ、気にしなくて。ところで、お父さん今どこ？」

「海岸に来てる。久しぶりに休みだから」

やっぱり、と一翔は思いながら、公園のベンチに腰を下ろす。

「一翔に伝えたいことがあってな。柳橋さんのことだ。お母さんから、柳橋さんのことは聞いたか？　お父さんが理学療法士として昔、リハビリを手伝った人なんだけど」

「うん、根気強い人だったって」

「じつは柳橋さんがリハビリ中だったときに、一翔の話をしたことを、今朝思い出したんだよ」

「僕のこと？」

「運動会に行けなかったって話でさ。ほら、小学校の頃、お父さん、何度か一翔の学校行事の参観を休んだだろ？　その頃に柳橋さんを担当していて、いつも息子に申し訳ないって、ポロッと話をしたんだ」

「その頃から離れた地域に出張しはじめてたもんね」

「ごめんな。あのときだけじゃなく、今も。家族なのに、そばにいられなくて」

急に謝られ、一翔は面食らう。

「そのとき、〝柳橋さん〟からは、どんなことを言われたの？」

「それがさ、柳橋さんは、たとえ一緒にいる時間が少なかったとしても、対話さえ大切にすれば大丈夫ですよって言ってくれたんだ。長いあいだ忘れていたけど、柳橋さんは一翔のことも気にかけてくれていたんだよ。だから今朝、おまえに電話しなくちゃいけないと思いついた。今回は一緒に行けなくて申し訳なかったが、つぎは父子水入らずでどうかな？」

「いいね」と、一翔は照れ臭くなりながら笑った。

今回の美術館への招待は、たまたま自分に回ってきたのだと思っていた。

でも本当は違っていた。これは〝柳橋さん〟から父への、時を超えた恩返しだった。

第二章　ポーラ美術館、箱根

「夢をあたえる睡蓮」

桐子のパソコンの脇にもまた、《睡蓮》のポストカードが飾られている。

国立西洋美術館のミュージアムショップで購入した一枚だ。優彩が直島のポストカードをデスクに飾っているのを見かけて、なんとなく真似てみたのだが、うまくいかないとき、不思議と《睡蓮》を見たくなる。

受話器を置いた今もそうだった。

美術系専門学校の若い教員と、桐子は電話をしていた。アート鑑賞をメインに据えた研修旅行や、美術を学ぶ短期留学の手配を長らく代行してきたが、最近、担当になった若い教員が、どうも要領を得ない。

たとえば、旅程について提案しても、その提案に対する答えはなく、まったく別の案が返ってくる。これでは話が先に進まない。

——恐れ入りますが、どういった意味でしょうか？

——それは致しかねます。

横柄にならないように細心の注意を払っていても、つい苛々《いらいら》して口調がきつくなることが多かった。不当なことや間違っていることを言われたとき、桐子はきっぱりとはねつけてしまう癖があった。

潔くてカッコいいとか、頭の回転が速いとか、羨ましがられるときもあるが、言い換えれば、短気でイラッとしやすいだけだ。それに、はねつけたあと、たいてい言い過ぎた自分に嫌気がさす。

社長のコレクション談義を聞いている優彩の姿が、ふと目に入った。

とりとめのない雑学であっても、優彩はいつも楽しそうに傾聴してくれる。ときにはメモをとりながら、時折、新しい視点で質問も返す。だから優彩と話しているときの社長は、いつも以上ににこにこして上機嫌だ。孫と祖父のようでもあって、桐子はほほ笑ましく見守る。

優彩をこの会社に誘ったのは正解だった。

彼女が入る前は、どんどん増える仕事を桐子一人で回すことができず、のんびり屋の社長としっかり者の奥さんの関係もギスギスしていた。しかし優彩がオフィスにいるだけで、どういうわけか空気が和む。

そういった逸材《いつざい》の存在はありがたい。特別な発言や行動がなくても、損得勘定なしの気遣いや優しさが、その場にいる人たちを無条件に安心させるからだ。その才能に彼女自身はおそらく気がついていないが、自分のようなタイプには身に付けられない美徳だった。

だから桐子は、以前から、優彩がどこか自身を卑下するような発言をするたびに、もっと自信を持てばいいのに、ともどかしくなった。人は自分のことほどわからなくなるものなのかもしれない。

——桐子といると息苦しい。

夫から、いつだったか言われたことが頭にこだまする。

——みんながみんな、そんなふうに先回りして行動できたり、正しくいられるわけじゃないんだよ。

十代の頃から「優等生」とか「完璧主義」とか、悪口では「プライドが高い」とか評されることがあった。自分では普通に振る舞っているつもりでも、傍から見れば高慢にうつるらしい。だから美術館で解説をするとき、たまに知識をひけらかしているのではないか、相手は飽きていないか、と冷やりとする。

とはいえ、夫なんかのことを、仕事中に思い出したくない。桐子は思考を断ち切るようにマウスを動かし、パソコン画面を立ちあげた。

午後からはオフィスを出て、柳橋の自宅に優彩と二人で向かった。

国立西洋美術館で一翔をアテンドしたことは、電話やメールで報告していたが、改めて直接会い、詳しく報告する予定だった。朝から降りつづく冷たい雨は、夜には雪になるかもしれないという予報だった。傘をさして、コートにマフラーを巻き、二人並んで駅の改札をくぐる。

電車に乗りこんでから、桐子は話題をふる。

「優彩ちゃんは、西美《せいび》ではどの作品が好きだった？」

職場では他の人がいるので主に敬語でやりとりするが、ビジネスシーンではない二人きりの移動中などでは、お互いに自然と敬語がとれる。

「いくつかあるけど……とくにカペの《自画像》には心動かされたよ」

「ああ」と、桐子は肩をすくめた。

桐子さんに似ている、と優彩は言ってくれたが、自分では似ているとまったく思わない。むしろ、あの天真爛漫《てんしんらんまん》さは優彩の方に近いのではないか。

「ごめんね」

唐突に謝られ、桐子は瞬きをくり返す。

「どうして？」

「桐子さんはカペの絵の前で、〝枠組みにはめたら〟って話をしてたじゃない？　たしかに私は、他人のことを枠組みにはめて見てしまうときがあるって気がついた。結婚の経験、仕事、子どもの有無で人生をパターン化するのって、本当はなんの意味もないのにね。だから桐子さんの言葉には、ハッとさせられて反省したよ」

「そんな！　謝る必要は少しもないのに」

あのときも、自分はまた偉そうな言い方をしてしまったと情けなくなる。同時に、今まで些細な言葉を憶えていて、おそらく勇気を出して謝罪までしてきた優彩は、決して枠組みにはめるだけの人ではないとも思う。それをどう伝えるべきかと逡巡《しゅんじゅん》していると、優彩の方が先に話題を変えた。

「桐子さんは、なにが印象に残ってる？」

「私は」と言いかけて、口をつぐむ。

西美には何度も足を運んできたが、今回は母子像がやけに多く感じられた。赤子を抱いていたり、子どもに寄り添っていたりする聖母は、ふくよかで神々しく自己犠牲的な慈愛に満ち、母親の手本もしくは母性の象徴のようだった。そして、前を通りかかるたびに、なんとなく責められている気分になったのは、疲れていたせいかもしれない。

「ルーベンスの《眠る二人の子供》は癒されたかな」

「どんな絵？」

「二、三歳の幼児が並んで寝てる、可愛い感じの絵」

「憶えてる、桐子さんじっくり鑑賞してたよね」

たくさんの母子像に胃もたれがしたからこそ、《眠る二人の子供》には見入ってしまった。一人息子の昴《すばる》の、食事に入浴に着替えに寝かしつけにと嵐のような時間を終えて、すやすやと呼吸する寝顔を静かに見つめるときが、今の桐子にとって一日で一番安堵する瞬間だった。あの《眠る二人の子供》には、そういった親の心理まで感じとれるくらいの充足感が漂っていた。

そんな話をすると、優彩は真剣な顔で「経験していない私が言うのもなんだけど、子育てって大変そうだね。桐子さんはほんとに偉いよ」と呟いた。

桐子はお礼を伝えつつ「でも、大変さの分、幸せも返ってくるんだけどね。あとはやっぱり、記憶に刻まれたのは《睡蓮》かな。今回の仕事のメインなわけだしね」と付け加えた。

これまで十人十色の旅行を組んできたが、昔見た《睡蓮》がどれかを確かめたい、しかも自分ではなく他人にそれを頼みたい、というのは他に類を見ない、無茶振りとでもいうべき依頼内容だった。

しかし柳橋は、社長が懇意にしている顧客であり、はっきりとは口に出さないが、特別な事情もありそうだった。だから桐子はなんとしても、柳橋にとって満足のいく旅にしたいと決意していた。

この日、自宅を訪れると、妻の咲子はおらず、出迎えてくれた柳橋は顔色が悪かった。とはいえ、ここ数日は悪天候と寒さがつづき、桐子自身も体調が万全ではない。それに前回会ったときも、柳橋は元気潑溂《はつらつ》という雰囲気ではなかった。じつは持病でもあるのかもしれない。桐子は気がつかないふりをする。

応接室に向かいあって座り、雨に打たれた物悲しい庭を見つめながら、柳橋はこう切りだした。

「守下さんの息子さんは、どんなふうになっていたかな？」

「好青年でしたよ。農学部の大学院に在籍していらっしゃって、植物の話になると、目の色が変わるのが印象的でした」と、桐子は答える。

「じゃあ、今も好きなものを大切にしているんだね」

柳橋は目を細めながら、嬉しそうな声色で独りごちた。

「あなた方からもらった報告書にも、事前に目を通していますよ。アテンドをしっかりと務めてくれて、礼を言います」

「とんでもないです。それで、今回の《睡蓮》はどんな結果でしょう？」

柳橋は机のうえのレポートに目を落とした。事前に桐子が送っていたのは、一翔から送られた写真や感想に加えて、モネの生涯のなかでどんな時期にどういった意図で描かれたのか、という桐子がまとめた美術史的なレポートだった。

「志比さんは率直に、どう思いましたか？　私の話を聞いて、これが私の見たい《睡蓮》だと感じましたか？」

　こちらに訊かれても——。

　咄嗟にそう思うが、ある程度は予想していたので、準備した答えを述べる。

「結論から言って、今回の一点は、柳橋さまがご覧になった、運命の《睡蓮》とは違うと存じます」

「どうして？」と、柳橋は食い気味に訊ねる。

「まず、最初にお会いしたとき、柳橋さまは私に『やっと見られた、と感動もしました』とおっしゃいました。都内にある美術館で、上野駅からアクセスもいい国立西洋美術館は、そもそも考えにくいのではないかと当初から考えていました。やっと見られたと感動するほどなら、地方にあるか、よほど訪れにくい立地の美術館ではないかと直感したんです。もちろん、複数のモネのコレクションがあるので、はじめに押さえておきたい場所ではあったのですが」

「なるほど」

　柳橋は顎の辺りに手を当てて、こちらの話の先を促す。

「また、柳橋さまは『こんな睡蓮もあるのか、と意外に思った』ともおっしゃいました。そのご発言からしても、国立西洋美術館の《睡蓮》は、オーソドックスで代表的すぎるかもしれません。日本国内だけでも、さまざまなバリエーションがありますからね」

柳橋はにやりと笑って肯いた。

「ご明察。私も報告書を読みながら、ここじゃないなと確信しました」

やはり、こちらを試す質問だったのか。

桐子は笑顔の奥でやれやれと思いながら、端的に要件をつづける。

「残るは三ヵ所です。つぎの行先について、今日はご相談したいと思っています」

「二人目の代理人から、返信はありましたか？」

柳橋から言い渡された二人目の代理人は、春日井《かすがい》晴海《はるみ》という女性だった。

「はい。ちょうど昨日のお昼に、春日井さまご本人からお電話を頂戴しました。招待を受けてくださるそうです。ただ、お孫さんも同行させたいとのことですが、問題ないでしょうか？」

「へぇ、もう孫がいるんだ。もちろん、いいですよ」

柳橋は笑みを漏らした。

「じつは春日井さまについて、インターネットで少し調べさせていただきました。庭師でいらっしゃるんですね？」

春日井晴海は、造園会社を営む社長であり、地元紙のインタビューに登場している記事があった。自身も庭師として現場に出て、数々の庭を手掛けてきたという。ただし最近は社長業に集中しているのか、庭師としての情報は少なかった。

そのとき、柳橋が庭に目をやった。

冷たい雨に濡れそぼった庭は、草木も枯れ果て、ただの空き地と化している。せっかく立地もよく、広くて池まであるのに惜しい。対照的に家のなかは手入れが行き届いているので、事情があって無残な状態なのかもしれない、と桐子は踏んでいた。

「私はね、芸術に憧れがあったんです、昔から」

柳橋のトーンが少し暗くなったので、桐子は息を詰めて、つぎの言葉を待つ。

「なにかをつくりたい、自分が死んだあとにも残したい、というのは人間の本能かもしれない。それが私にとっては庭でした」

柳橋はテーブルの上にいくつも並んだ、《睡蓮》の画像を指した。

「人生ではじめて庭をつくりたいと思ったのは、例の《睡蓮》を見たからでした。モネの暮らしていたジヴェルニーの邸宅のような庭を、私もつくりたいと夢見たんです。漠《ばく》然《ぜん》とした夢を、具体的な目標に変えてくれたのが、春日井晴海さんでした。でも些細な事情のせいで、私はそれを成し遂げられなくなった。やがて忙しさを言い訳に後回しにして、自分にとってはどうでもいいことだと思い込もうとした。皮肉なことに、今になってそのことがひどく残念に思えてきたんです」

「今おっしゃっていた、些細な事情というのは？」

「ほとんどはお金の問題ですね。他に優先すべき投資先があった、それだけのこと。今ふり返れば愚かでしたよ。あの頃の私は、今だけ、金だけ、自分だけ、という考え方でした。遠い未来や金銭には代えられないもの、他人のことも構わなかった」

柳橋の視線を追って、桐子も《睡蓮》の画像を眺める。

名画の代名詞のような《睡蓮》に、今更心揺さぶられることはないと思っていた。しかし今ようやく、どうしてこの一連の絵が、ここまで多くの人々の心を打つのか、その理由が少しわかった。

いわば《睡蓮》は鏡なのだ。

見る人の心をまっすぐに、雑念なくうつしてくれる。

柳橋は正面から桐子を見据えながら、こうつづけた。

「うまくいけば、春日井さんにもう一度庭づくりを頼みたいと思っています。でもその前に謝らなきゃいけない。私のように利己的だった人間には、感謝したい相手よりも謝罪したい相手の方が、うんと多いんでね」

なにを謝らなければいけないのかを柳橋は語らなかったし、訊いたところで自分がすべてを理解できる気はしなかった。

家を出るときに、妻の咲子から声をかけられた。

「申し訳ありません、前の用事が長引いてしまい、今、帰宅したところです。あの、折り入って、お話したいことがあって、お帰りになる直前で申し訳ありませんが、少しお時間をいただけませんか？」

咲子は急いで帰ってきたらしく、息を切らしていた。のっぴきならない空気に、桐子は優彩と顔を見合わせた。咲子はちらりと、柳橋と会った応接室の方をふり返ったあと、表情を硬くしたまま桐子と優彩を交互に見ながら、暗い声でこう切りだした。

「余計な気を遣わせたくないと、夫からはきつく口止めをされているんですが、どうしても知っておいていただきたいことがあります。今後、なかなかお会いできない時期もあるでしょうから、今日のタイミングを逃したくなくて」

「お会いできない時期とは？」

咲子は黙ってこちらを別室に案内し、椅子にかけるように促すと、単刀直入に切りだした。

「夫は、がんなんです」

静かな室内で、咲子はまた少し黙り込んだ。彼女自身、口に出すだけでも覚悟を要するのだろう。

「末期のすい臓がんで、余命宣告も受けています。夫がこの依頼をしたのも、おそらく病気のことがきっかけなんです」

がんで亡くなった家族がいる知人の、計り知れない苦労と悲しみが、咄嗟に桐子の脳裏をよぎった。だから、簡単には言葉をつむげない。優彩も同じらしく、固唾を飲んで、話のつづきを待っている。

咲子は以前から台詞を心のなかに準備していたかのように、淡々とつづける。

「夫は死ぬ前に、なにかしたいと思ったんでしょうね。わざわざ代理人を立てることにしたのは、そういう事情があるからなんです。最近、夫は調子を崩していて、痛みも相当なものだと医師に言われました。夫は嫌がっているんですが、近く入院するかもしれません」

黙っている桐子と優彩に、咲子は顔を上げて、少し声を明るくした。

「とはいえ、だからって、お二人になにかしてほしいとか、態度を変えてほしいわけじゃありません。ただ単に、知っておいてほしかったんです」

「わかりました。今までなにも存じ上げず、無神経な言動をしていたら、まずは深くお詫び申し上げます」と、桐子は伝える。

「いえ、そんな……私たちもずっと黙っていたので謝らないでください」

首を左右に振りながら、咲子は少し涙目になった。

「われわれは可能な限りなんでも対応するつもりなので、気兼ねなくおっしゃってくださいね」

「ありがとうございます」

「念のため確認したいのですが、旅先でご一緒する代理人のみなさまには、そのことをお伝えしない方がよいでしょうか？」

「そうですね……一概には言えませんが、夫は望んでいないと思います。お二人とは今後もやりとりを重ねるでしょうから、さすがにお知らせしましたが、代理人の方たちには、必要以上に心配させることはありません」

「わかりました」

「では、よろしくお願いします」

小さな声で呟いた咲子と別れたあと、桐子と優彩はしばらく黙ったまま、駅へと傘をさして歩いた。

雨の日の閑静な住宅街には、二人以外に人はいなかった。

＊

二つ目の《睡蓮》が展示されたポーラ美術館は、神奈川県の箱根にあった。

三月上旬とはいえ、春の陽気を感じる日だった。

優彩は桐子とともに新幹線で小田原駅まで向かい、駅近くで借りたレンタカーで箱根の山道を進んだ。

「運転を任せてしまって、本当にごめんなさい」

優彩も先月に免許を取得し、仕事の場面でも少しずつ積極的に運転するようになってきたが、さすがに箱根の山道には及び腰になり、桐子に頼まざるをえなかった。

「いえいえ。ご心配なく」

桐子は対向車とすれ違うときも急カーブでも慣れた手つきで、惚れ惚れする。

箱根湯本《ゆもと》駅を過ぎると、気温もぐんと下がった。箱根駅伝のテレビ中継でも有名な大平台《おおひらだい》の辺りでは、ヘアピンカーブに町章のモニュメントが鎮座している。小田原から芦ノ湖《あしのこ》へと抜けていく五区では、心臓破りの坂道がつづくのを毎年テレビで観てきたが、想像以上に勾配もカーブもランナーにはきつそうだ。道の脇を走るランナーとすれ違ったり、追い越したりするたびに、優彩は心のなかでエールを送った。そして、がん宣告を受けて、この依頼をしてきた柳橋のことを考えた。

やがて強羅《ごうら》の温泉街に辿り着くと、スーツケースを押した観光客の姿が見られる。肌寒さが残る頃とあって、多くの温泉ファンで賑わっていた。

旅行気分の高まりとともに、目的地も近づいてくる。桐子の運転する車は、細い山道へと曲がり、まもなくポーラ美術館のスタイリッシュな看板に出迎えられた。

富士箱根伊豆《ふじはこねいず》国立公園のなかに位置するポーラ美術館は、森に分け入る山道に忽然と

現れた。駐車場からスロープになった通路を進むと、まるで木々の上に浮遊するような
アプローチが現れ、その先に入口が待っている。

「不思議なつくり……なんていうか、美術館っぽくないというか」

優彩がうまく言葉にできずにいると、桐子は意図を汲んで肯いた。

「堂々とした建造物とか、整備された庭園とかもないからね。ポーラ美術館は周囲に広がる原生林と調和し、共生するというテーマで設計されたの。だから山の傾斜に沿って、建物の大半はお椀《わん》型の壕《ほり》に収められているんだよ」

「壕？」

「つまり、地下にあるってこと」

優彩は直島で訪れた、地中美術館のことを思い出す。

「そろそろかな」と言って、桐子は腕時計を確認した。この日、代理人とはここポーラ美術館の正面入口で待ち合わせていた。というのも、彼らはこれから一泊する予定であり、箱根の旅館に別の車で向かうからだ。

少し待っていると、約束した午前十一時ぴったりに、六十代前半くらいの女性が、小学生であろう女の子を連れて歩いてくる。女性はサングラスをかけ、ダメージジーンズにTシャツの上から赤いコートを羽織った、ぱっと目を引く若々しい装いだ。足元のスニーカーも、鋲《びょう》がいくつも打たれて派手である。

「はじめまして、志比と申します」と、桐子が一歩前に出て頭を下げると、女性は「梅村トラベルの方々？」とサングラスをとった。

目元には深い皺が刻まれ、はっきりしたメイクがよく似合う。

「わざわざお越しくださり、柳橋さまに代わってお礼を申し上げます」

桐子と優彩は順番に名刺を交換した。

「本当に旅行会社の方がいらっしゃるなんてね。旅をプレゼントしてもらえるとは、信じられない気分だわ」

「わかります、急に旅行の招待状なんて受けとったら、驚きますよね」

以前、桐子から招待状を受けとった優彩もまた、晴海と同じような気分になった。しかし晴海は手を左右にふり、きっぱりと答える。

「いや、そうじゃなくて。あの柳橋さんがこんなことを考えたという方に、私は驚いているんです。旅行を突然プレゼントされたこと以上に、招待者が柳橋さんだってことの方が、私にはよっぽど衝撃的なんです」

思いがけない物言いに、優彩は疑問を抱く。

晴海にとって、柳橋はどう見えていたのだろう――。

しかし晴海は、そのことを語るより先に、自己紹介をはじめた。

改めて名刺を眺めると、〝庭師　春日井晴海〟と記されている。〝春日井造園　社長〟

という肩書もつづいていた。

「こっちは孫の、小池華月《こいけかづき》です。私の長女の一人娘なんですけど、学校が休みなので一緒に参加させることにしました」

「よろしくお願いします。今日は、おばあちゃんとお世話になります」

華月は頭にかぶっていたピンク色のキャップをとって、物怖《ものお》じせずにお辞儀をしたあと「志比さんと桜野さんですね。よろしくお願いします」と、こちらを交互に見た。利発そうな子だなと感心しながら、優彩は訊ねる。

「華月さんは、何年生ですか？」

「小学五年生です」

「じつは華月の方から、ここに連れてきてほしいって頼んできたんです。学校で春休みの思い出をまとめる宿題が出ているのに、このままじゃ大半が近所のイオンに遊びにいったことくらいしか書けないからって」

「ばあばってば、そんな正直に言わなくてもいいじゃん」

「ふふふ、それに美術館に行ってみたかったんだよね」

「そうだよ」と、華月は満足したように肯き、優彩に向かって笑いかける。「だから今日は、おばあちゃんと来られて嬉しいです」

優彩はあたたかい気持ちになった。

「では、今日は美術館を満喫してくださいね」

晴海は「よかったね」と華月の背中に手を置いてから、周囲を見回す。

「気持ちのいい場所ですね。さっきエントランスの前で馬酔木《あせび》の花が、美しく咲いているのを見かけました」

「あせび？」と、となりにいる華月が訊ねる。

「そう。馬に酔う木って書いてね」

「馬も酔っぱらうんだ、おもしろい名前だね」

「株全体にアセトボキシンっていう有毒成分を含んでいるから、葉を食べた馬が毒に当たって酔っぱらったようにふらふらとなったというエピソードに由来するの。昔は害虫駆除のために植えられたけれど、ペットや子どもがいなければ、馬酔木は庭木にも向いてるのよ。寒さに強いうえに、多少の大気汚染や潮風にも耐えてくれるから」

うんうんと相槌《あいづち》を打ちながら聞いていた華月が、こちらをふり返って言う。

「うちのおばあちゃんって、放っておくと、こんなふうに庭木のうんちくをずーっと話しつづけちゃうんです」

「おっと、そうなんです。嫌になったら止めてくださいね」

そう断って、晴海はさっぱりと笑った。

仲の良さそうな祖母と孫だなと目を細めながら、さきほど晴海が、柳橋を評した言葉が少し気になった。

——そんなことをする人だとは思わなかった。

ガラス張りになったエントランスから、エスカレーターで階を下りてチケットカウンターに向かう。桐子が言った通り、地下に潜っていくのに、斜面になっているせいで館内には採光が保たれ、ガラス越しに緑豊かな森が広がっていた。チケットを購入していると、その背後に一体の胸像が目に入る。

奥のエレベーターを利用すると必ず目に入るところに置かれているので、大事な作品なのだろうか。近寄ってキャプションを確認している優彩に、桐子が声をかける。

「そちらは、鈴木常司《すずきつねし》氏の銅像ですね」

「それって誰？」と、晴海が訊ねる。

「ポーラ創業家二代目で、ここのコレクションの土台をつくった方です」

「ほう、この紳士のおかげで美術館が生まれたわけね」

晴海も胸像に近づいてまじまじと眺める。

威厳たっぷりで偉人らしさが伝わる一方で、彫刻家、佐藤忠良《さとうちゆうりよう》の優しく気高い作風とあいまって、穏やかな人となりを感じさせる。

「校長先生にそっくり」と、華月が呟いて、一同は笑いに包まれた。

「鈴木さんは、どんな人だったんですか？」

　華月からの何気ない疑問に、桐子はよどみなく答える。

「鈴木氏は一九三〇年生まれで、大学卒業後に経営学を学ぶためにアメリカに渡ったそうですが、先代である父親の急逝によってわずか七ヵ月で帰国。二十三歳という若さで化粧品会社ポーラの社長になり、そのあと約四十年にわたって企業を成長させました」

「二十三歳でいきなり社長だなんて、苦労したでしょうね」

　目を丸くする晴海に、桐子は肯く。

「寡黙《かもく》な人物で、ポーラ美術館ができるまでは、コレクションもほとんど世に知られていなかったくらいなんです」

「コレクションって、どのくらいの規模なんですか？」

「一万点に及ぶそうです。モネやピカソといった西洋絵画が代表的ですが、近代日本の洋画や日本画、ガラス工芸や化粧道具といった幅広い所蔵があります。二〇〇二年に開館して以来、企画展、常設展で公開されてきました」

「それは驚きの規模だ」と、晴海は声を高くする。

「ええ。戦後の個人コレクションとしては最大級です。とくに印象派は百点近くになり、他にも収集だけでなく、美術に関するさまざまな助成事業も行なっています。ただ、ご本人は二〇〇〇年に亡くなられたので、ポーラ美術館の開館を見ることはありませんでした」

「切ないですね……本人も見届けたかっただろうに」

晴海は華月とともに、銅像を見つめている。

「本当ですね。モネの《睡蓮》のような巨匠の名画を集めていたのも、個人的な趣味というよりも、一般市民に公開したいという社会貢献の意図が強かったようですから」

桐子の説明を聞いて、晴海は華月とともに銅像に手を合わせる。エレベーターからベビーカーを押す家族連れが出てきて、晴海たちと銅像とを不思議そうに見比べた。

「鈴木さん、ありがとう」

晴海はまわりに構わず呟くと、「ちょうど来たから乗りましょうか」と潑溂《はつらつ》とした表情になって、華月の手を引きながらエレベーターへと歩みを進めた。

＊

神奈川県に長く住んでいる晴海は、県内にあるポーラ美術館には開館当初に訪れたことがあったが、年を重ねてみると、まったく違って新鮮に感じられた。どうしてもっと早く再訪しなかったんだろう。

なにより先に、森と調和するという建物のテーマがいい。そういったテーマを掲げるのは簡単だし、流行りのように方々で多用されている。でもポーラ美術館の場合は、周囲の生態系を壊さないように、最大限の工夫がなされているのが伝わってくる。

観光地にあるせいか、来館者も老若男女問わずにぎやかで、肩ひじ張らずののびのびした空気が流れていた。

同行してくれている二人の女性——とくに志比桐子に対しても、好印象を抱いた。事前にやりとりしていた段階から十分な配慮が感じられたうえに、会ってみると誰かに似ている。それが昔の自分だと気がついたのは、桐子から鈴木常司の話を聞いているときだ。

「さっきの話に戻ってもいいですか？」

晴海は数歩うしろにいる桐子をふり返り、声をかけた。

「はい」と答え、桐子が晴海のとなりまで歩調を速める。

「もう少し早く計画できていたらって、つい想像してしまいますね。そうしたら、鈴木さんも美術館の完成を見ることができたのにって」

「それはそうかもしれません。残念ですよね」

「でも人って、なにかをしたいと思っても、いろんな事情でままならないことが多いですよね。とくに自分以外の、誰かのためにとなるとけっこう難しい。鈴木さんにとってコレクションを公開する作業も、とどのつまりは人のためだったわけでしょうし」

こちらを見ていた桐子と目が合う。

「柳橋さまとは、長らくご連絡をとっていらっしゃらなかったとお伺いしました」

桐子は察しがいい。

晴海が暗に、鈴木常司と柳橋を重ねていることに、鋭く気がついたらしい。桐子の理知的な口調には、依頼人に対してよりよいサービスを提供するために、もっと事情を知っておきたいという、単なる詮索《せんさく》とは違う気遣いがあった。

「私との関係について、なにも聞いていませんか?」

晴海は探りを入れてみる。

「存じ上げません。私も桜野も、柳橋さまとは今回のご依頼で知り合い、数えるほどしかお会いしたことがないんです。社長の梅村とは古い付き合いのようですが、それもプライベートの関係ではなかったと聞いています」

晴海もまた、柳橋の人となりをよく理解しているわけではなかった。むしろ、梅村トラベルの社長と同じで、仕事上の関わりしかない。だから「そうでしょうね」という相槌が突き放したように響いた。

柳橋と出会ったとき、晴海は四十歳を超えたばかりだった。娘が中学校に上がり、現場に戻って複数のプロジェクトを同時進行させていた頃だ。長らく自宅の庭を手入れしている得意先から紹介されたのが、自分よりも十歳ほど年下の柳橋だった。

柳橋はその得意先の庭を見て、前々から憧れていた自分の庭をつくる気になったという。

——あなたが、庭師の方ですか？

あなたが、という初対面の驚き方が耳に引っかかったことを、今もよく憶えている。

柳橋はどこか探るように、無遠慮な視線を向けてきた。二十代から家業を手伝って現場に出るなかで、そういった反応をされることには慣れていた。造園業は圧倒的に男性の方が多いので仕方がないし、奇抜なファッションや愛嬌をふりまくのが苦手な性格が、しばしば相手を戸惑わせてしまう自覚もあった。

けれど、柳橋はジェンダーや見た目で判断したわけではないことが、知り合ううちにわかった。柳橋はほぼ全員に対して、上から目線の接し方をしていたからだ。もう亡くなった先代の父に対してもそうだった。

才能や運に恵まれると、人は不遜《ふそん》になる。しかし人生は不公平なようでいて、必ずツケが回ってくる。柳橋もまた、こうして人に善意を向けるなんて、なにか不運が襲ってきたのかもしれない。

「柳橋さまからは、作庭を依頼されていたんですよね？」

桐子に訊ねられ、晴海は肯いた。

「でも道半ばで頓挫《とんざ》したんです。柳橋さんの都合で、一方的に計画が打ち切られてしまって、私もショックでした。投資先が傾いて、まとまったお金を失ったからだと後日知りましたが、造園の仕事を軽んじられているように感じて、当時の私は許せなかったんです。本当は依頼をもらえたことに感謝して、受け入れるべきだったのに」

「誰にでもそういうときってありますよね」と、桐子は控えめな声で答える。

「まぁ、言い訳じゃないけど、あのときの柳橋さんって、世界は自分を中心にして回っていると、本気で思っていそうな人だったんです」

晴海は冗談めかして笑うが、あながち誇張ではない。

庭づくりというのは、すべてがバランスで成り立っている。長い修業期間を必要とするのも、そのバランスを見極める能力を身につけるためだ。しかし柳橋は、バランスよりもつねに自らの希望を押し通そうとした。

たとえば、彼は橋を架けられる規模の池にこだわった。

――モネの庭のようにしたいんです。

しかし、たいていの場合、晴海は庭に池をつくることに賛成しない。なぜなら素人《しろうと》が思うよりも、はるかにハードルが高いからだ。池は、位置決定や手入れに失敗すれば最悪だ。水が淀んで濁り、蚊が発生するだけでなく庭全体を死に至らしめる。そのことを伝えたうえで、最低限負担が少ないデザインを提案したが、柳橋はどれも却下した。

――ここは私の庭です、あなたは従うだけでいいんです。

一方で、晴海も譲らなかった。あるとき些細な意見の対立から、激しい言い争いになった。

——庭は子どもと同じです。生みだして終わりじゃないんです。そのあと、所有者が時間と愛情をかけて育てていかなければなりません。そのために最善の環境を整えることが、私たち庭師の義務です。

こちらの信念を全力で伝えたのに、柳橋はその日のあと、次回の打ち合わせを延期した。そんなふうに話が進まないうちに、資金の問題で計画を保留したい、という素っ気ない連絡が柳橋から入った。それまでの必要経費は支払われたものの、晴海はショックだった。

「でも今になって思えば、柳橋さんの意図をもっと汲んであげられればよかったとも反省しています。代替案を考えてあげたりね。わかりやすく言えば、コミュ力が足りなかったんです、お互いにね」

「今ならうまくいきますか？」

晴海は「自信ないな」と苦笑し、ずっと訊きたかったことを口に出す。

「どうして柳橋さんは、私を旅に招待してくれたんでしょう？」

「それは、今教えていただいたような過去のことを気になさっているからでは？」

「だとしても、どうして今行動にうつしたんでしょう？　昔の人間関係を悔いている人は、世の中に山ほどいると思うんです。人付き合いでなんの後悔もない人って、ちょっと嘘っぽく聞こえるくらい。そのなかで、柳橋さんは長年の沈黙を破って連絡をしてきたわけですよね。それほどの勇気を出した、いや、出さなきゃならなかった理由が気になります」

「申し訳ありませんが、私の口からは話せないことになっているんです。おそらく、私から話すべきではないんだと思います」

「……そうですね、失礼」

「いえ」

「ただ、ちょっと心配になったんです」

「心配？」

「ええ。人が誰かに善行したくなるときって、上手くいっているときよりも、上手くいっていないときの方が多いと思いませんか？　つまずきや不条理を経験したからこそ、人の痛みがわかって親切にしたくなる。私自身は少なくともそうでした。二十代の頃、入院するような大病にかかって、はじめて家族に優しくできるようになりました。人には人の事情があるって」

「……そうですか」

否定も肯定もしない桐子の反応から、あながち間違いではないようだと悟った。

「もしかして、死にかけてるわけじゃないですよね？」

まさかと軽く受け流されることを期待したのに、館内の静けさがいっそう深まった。

「私から申しあげられることは、ひとつだけです。まずは、今日という時間から、最大限のことを感じとってください。そして、それを柳橋さまにお伝えください。とくにここにあるモネの《睡蓮》が、あの方の探しているものかを確かめるために」

晴海は肯いて、企画展が開催されている展示室へと足を踏み入れた。


展示室は曇った日の夕刻くらいの光量だった。

美術館内はとくに薄暗い演出がなされていると、子どもを怖がらせたり、視力の落ちた年配者の足元をおぼつかなくさせる。もう少し明るく開放的な場所だったらいいのに、と日頃から不満を抱いていた身としては、安心できる絶妙な照度だった。

企画展には、ポーラ美術館の所蔵品も多く含まれており、なかでも晴海の目を引いたのは、香水瓶や化粧道具のコレクションだった。

「こんなにたくさんあるんですか」

「ポーラは化粧品会社なので、古代からつづいてきた化粧文化を研究し、さまざまな名品を集めているんです」

「これは？」

作者はルネ・ラリック。高さ十一センチほどの香水瓶だが、青い蓋《ふた》のところに枝葉を伸ばす桑の木が表されている。人の顔のようでも、鳥のとさかのようでもある。目を凝らすと、桑の実がなっていた。

「十九世紀まで香水は上流階級の楽しみでしたが、世紀末になると、合成香料が開発されて価格が抑えられ、香りのバリエーションも豊かになったそうです。そのため、ボトルも従来の陶器から、個性豊かなガラス製のものが一般的になりました。ガラス工芸作家であるルネ・ラリックも、この時代に多くの香水瓶をデザインしてるんです」

桐子の言う通り、素材には、ガラスのみならず金属も用いながら、花や草木といった有機的なモチーフや、自由な曲線文様を取り入れた、アール・ヌーヴォーの作品がたくさん並んでいる。

同じくルネ・ラリックがつくった《ダン・ラ・ニュイ（夜中に）》という、詩的な題名のついた香水瓶は、夜空のような深い青の丸いボトルに、銀色の星が散りばめられている。脇には、小惑星を思わせる同じく青や透明の小瓶が、ひと回り大きい香水瓶に寄り添っていた。

同じ展示ケースには、香水瓶のみならず、コンパクトケースやパウダーボックス、手鏡といったアイテムもあった。菖蒲《しょうぶ》やサンゴなど、同じ意匠でそろえられた化粧セットは夢のようで、銀や象牙といったさまざまな素材が用いられ、もはや道具というより美への憧れそのものにうつった。

それらの品々は、外見的に美しくありたいというだけでなく、美しく生きたいという哲学や歴史をも伝える。単なる見た目だけではなく、たとえ自分にしかわからなくても内面を磨こうとする姿勢の結晶だった。

「こういうのを見ていると、メイクって、身だしなみとしての側面や、容姿をよくしたいっていう動機も強いと思うんですが、儀式的な役割もありますよね。たとえ高額を支払ってでも、美しい化粧品を使うことによって、自信や日々の活力を得られる。そういう行為は、自分が生まれるはるか昔からつづいていて、ひとつの文化なんだって背中を押されます」

晴海はしみじみと呟いた。

好きなものを好きなように身につければいい。周りにどう思われようと、自分の価値を決めるのは自分自身だ。そういった考え方を若い頃から貫いている。おかげで、傷つくことは多くても、迷いや後悔を抱えることは少なく、立ち直りは早かった。

桐子の方をふり返ると、彼女はこちらを見ていた。

「憧れます。私はまだ、そんなふうに思えないときがあるので」

晴海は、桐子が結婚しているのか、子どもがいるのか、なにも知らない。けれど、一見完璧そうに見える、凜《りん》としたキャリア・ウーマンもまた、なんらかの迷いを抱えているのかもしれないと思った。だから晴海は桐子と初対面であっても、どことなく過去の自分と重なって見えたのかもしれない。心配しなくてもいいよ、と思わず言いたくなるが、お節介《せっかい》のように思えて口に出さなかった。

＊

「美術館に来るのははじめて？」

華月は、優彩さんから訊ねられ、「いえ、一回だけあります。学校の遠足で、近くの美術館に行きました。そのとき、とても楽しかったので、また別の美術館にも行ってみたいと思ってたんです」と答える。

引率の先生を思わせる桐子さんよりも、穏やかに話しかけてくれる優彩さんの方に、華月は親近感を抱いていた。

「あの、柳橋さんっていう人と、会ったことありますか？」

思い切って訊ねると、優彩さんは足を止めてふり返った。

「もちろん」

「どんな人でしたか？」

「うーん、私も何回かしか会ったことがないからなぁ。会社を持っていて、大きなおうちに奥さんと二人で暮らしていて」

「奥さんがいるんですか？」

驚いて訊ねると、優彩さんは「そうだけど、どうして？」と首を傾げた。

「ううん」と俯いて、華月は誤魔化《ごまか》した。

大人ってよくわからない。

昔見たモネの《睡蓮》がどれかを確かめたい、という旅の目的を晴海ばあばから聞かされたとき、そもそも柳橋という人はどうして自分でそこに行かないのだろう、と華月は真っ先に疑問を抱いた。

――旅行する時間もないくらい忙しいって大変だね。

華月の感想に、晴海ばあばは肩をすくめた。

――それだけじゃなくて、旅をプレゼントしたいんだって。

――ばあばに？　恋人だったの？

ばあばは目を丸くして、台所からこちらをふり返った。

――華月もそんなことを言うようになったんだね。

否定しないんだ、と華月は思った。

でも別の人と結婚しているのなら、ばあばのことが今も好きなわけじゃなさそうだ。よく考えれば、ばあばもじいじと結婚していて今も仲良しである。

「楽しんでる？」

ばあばの声がして、華月はわれに返る。さっきまで桐子さんと一緒にいたばあばが、いつのまにか背後に立っていた。

「うん。ばあばは？」

「化粧道具の展示があって、素敵だったよ。見てきたら？」

「へぇ、行ってみようかな」

ママいわく、晴海ばあばは仕事熱心なうえに、おだて上手なので、料理も掃除もじいじに多めにやってもらっていたとか。でも華月からすれば、ショーケン会社で働いているママも似たようなものだ。家でリモートワークをしているママはメイクもして別人のようにテキパキしているが、普段はパパに頼りきりである。

――ばあばと一緒に行ってあげてほしいの。

ママがこっそり提案してきたことを、おそらく晴海ばあばは知らない。

ばあばはただ、華月が学校の宿題に書くネタを仕入れたいだけだと思っている。

本当は、ばあばと柳橋さんという人の関係に、華月は興味があった。というのも、招待状が届いてから、晴海ばあばはどこか上の空だったからだ。電車で二駅のところに住んでいるので、華月はよく放課後にばあばの家に行くが、華月が話しかけても反応しなかったり、こちらのことが見えていなさそうなときもあった。

――柳橋さんっていう人は案外、ばあばにとって重要な人だったのかもね。

ママも勘ぐっていた。きっと晴海ばあばは否定するだろうけれど、華月はひそかに同意していた。だからこそ、こうしておこぼれにあずかっている。言ってみれば、大人な関係のおこぼれを。

展示室を出て、エスカレーターで一番下の階に向かう。ジョーセツ展示がいくつかあるらしい。そこは外の光もあまり届かず人も少ないので、入るのに勇気がいる。

先の方で、晴海ばあばと桐子さんが一枚の絵の前で立ち止まっていた。それは夜の海辺で赤子を抱き、赤い花を一輪持っている女性の姿を描いた絵だった。

「ピカソの絵だって」と、ばあば。

「ピカソ？」と訊き返す。

「《ゲルニカ》っていう戦争の絵を描いた人で、たぶん世界で一番有名な芸術家じゃないかな。ね、桐子さん？」

「なんだかすごい人なのはわかったよ」

華月は肯いてから、心に浮かんだ疑問を訊ねる。

「この赤ちゃん、死んでるの？」

えっ、と声を合わせたのは優彩さんと晴海ばあばで、桐子さんは黙ってこちらを見る。

華月はよくないことを言っただろうかと不安になりつつ、「だって、そう見えない？」と絵の方を指す。

「そうなんですか？」と、晴海ばあばが桐子さんに訊ねた。

桐子さんは結論を出さず、「そう見える？」と確認してきた。

華月は「はい」と小さく首を縦にふる。

「であれば、そうなんだと思います。美術鑑賞というのは、見る者に答えが委《ゆだ》ねられていますからね。それに解説を加えるとすれば、ピカソはこの絵を描く一年前に、同郷の親友をピストル自殺で喪《うしな》っています。この絵はパリで描かれた『青の時代』の代表作ですが、『青の時代』の作品の多くが生と死をテーマにしているんです」

親友が死んでしまったピカソの気持ちを想像しながら、だから青いのか、と華月は納得する。この絵のなかでは、海も、空も、大地も、描かれた親子も、青かった。二人は病気をわずらっているようにしか見えない。

死ぬって、どんなんだろう。

目も開けられず、話せず、身体も動かせなくなるという状況が、華月には想像もつかない。どれほど痛くて、しんどいのか。自分にもたまに布団から出たくない朝はあるが、それとはレベルが違うのだろう。

想像するほどに、死ぬこと自体よりも、死ぬ直前まで生きなければならないことの方が、華月には恐ろしくなる。あっという間に死ぬか、知らぬ間に死ぬ方が、絶対に楽そうだ。ふいに、足元がぐらりと揺れたように感じた。生まれてはじめての感じだった。

悲しい、寂しい、怖い、どれも似ているけど違う。

うまく言葉にできなくて、今は誰にも悟られないように、大人たちの会話が理解できないふりをするので精一杯だった。


展示室を進んでいくと、一枚の絵が目に入った。

「この絵、気になる？」

声をかけてきたのは、優彩さんだった。

華月は曖昧に肯きながら、もう一度その絵を見る。

顎を少し上げて、ふふんと得意げな顔をした、若い女の人の絵だった。いや、華月くらいの年齢かもしれない。別の方を向いているけれど、こちらの視線をばっちり意識していることが伝わる。長く伸ばした栗色の髪も、派手なレースのついた帽子も、腕にきらめく金色のブレスレットも、彼女の勝気《かちき》さをただよわせている。みんな私を見て、世界で一番可愛いでしょって感じだ。

ルノワールという、喫茶店の名前によく似た画家の、《レースの帽子の少女》という作品だった。

「この子、友だちに似てる気がするんです」

「へぇ、仲の良い友だちなの？」

少し迷ってから、華月は正直に打ち明ける。

「あんまり、仲良くはないです」

「そうなの」と、優彩さんは目を丸くした。

名前は茉鈴《まりん》ちゃん。みんなに羨ましがられるのが好きな子だ。給食袋も文房具も毎学期、新しいのを買ってもらっている。すみっコぐらしやシナモロールなど、クラスで流行ったものは必ず持っている。茉鈴ちゃんのファッションは、華月にはどこで売っているのかさえもわからないくらい可愛い。

五年生で同じクラスになり、なんとなく一緒のグループで活動していたけれど、夏休みを過ぎた頃から、なにかと否定的なことを言われたり、されたりすることが増えた。はじめは考えすぎかと思ったが、どうやら華月を嫌っているらしい。

たとえば、休み時間にドッヂをしようと提案したら、かぶせるようにして他の子とケイドロをはじめてしまい、結局、華月だけが仲間外れにされた。他にも、移動教室で示し合わせたように華月を置いてきぼりにする。どれも、くだらない嫌がらせだった。でもいちいち傷ついてしまい、やめてほしいとも言い返せない弱虫な自分には、もっとうんざりした。

そんな話をかいつまんですると、優彩さんは何度も肯いてくれた。

「わかる、わかる」

「そうなんですか、優彩さんも？」

びっくりして訊ねると、優彩さんは近くにあった一枚の絵を指す。

「ちょうどこの、となりにいる子みたいな気分にならない？」

ドガという画家が描いた《マント家の人々》という絵だった。

姉妹らしき、二人の女の子が描かれているが、ずいぶんと大人からの扱いが異なる。片方の子は、うしろの母親らしき女性に丁寧に身支度をしてもらい、バレリーナのふわふわした衣装に身を包んで、髪を鮮やかなオレンジ色のリボンで飾っている。それなのに、となりで棒立ちする子は地味な普通の服で、おそらく荷物まで持たされて可哀相すぎる。

「そうです！　私はこっちの、暗い顔をした子の方みたいな気分になるんです！」

華月が思わず手を叩くと、優彩さんも「だよね」と調子を合わせる。

「なつかしい、私にも同じような悩みがあったから」

「そうなんですか？」

「うん。華月ちゃんと同じくらいの、小学校高学年のときかな。なにかと私にマウントをとってくるクラスメイトがいたんだよね。その子は、おうちがお金持ちで、クラスでも発言力のある女の子だった。算数と体育が苦手だった私に、どうしてできないの？って、笑いながら聞いてくるんだよね。今から思えば、なんにも恥ずかしくないのに、私は塾に通ったこともないし、自分が惨《みじ》めだった。なんでできないんだろうって、自分を否定してつらくなっちゃうの。そのときは親同士も仲良くて、グループも同じだったから、うまく距離がとれなくて悩んでた。ちょうど、このドガの絵の女の子みたいに」と言い、優彩さんは説明書きを見る。「この女の子たちは姉妹みたいだけど、それはそれで苦労しそうだね」

「優彩さんにも、そんな過去があったんだ」

「うん、華月ちゃんだけじゃないよ」

ありがとう、と華月は気が楽になる。

「あ……でも大人になっても、そういう人っている？」

「残念だけど、いるね。ただ大人になったら、そういう人とでも、うまく距離をとる技術が身につくようになるから、心配しなくて大丈夫だよ。他人と比べてマウントをとらないと自分を保てない、気の毒な人なんだなって、相手のことを客観的に見られる強さを手に入れればいいんだよ」

その答えは、華月の心にすとんと落ちた。

たとえ友だちとうまくやれなくても、こんな答えをくれる素敵な大人になれるんだと思うと、励まされた気分になる。

「ありがとう」

「どういたしまして。じゃ、先に進もう」

優彩さんに促され、華月は軽やかな足取りで、また順路を進みはじめた。

＊

晴海は常設展示室で、二点のモネ作品に対峙していた。

一点は、一八九九年に描かれた《睡蓮の池》。ほぼ正方形の画面に、睡蓮の咲きほこる池、そのうえに架かった太鼓橋、柳の木々などが描かれている。橋はちょうど画面を上下に分割するような構図で、下半分の池は、何層かの階段状になって水の流れを促し、まばゆい緑を反射する。

「あの、モネは睡蓮を橋や木々と一緒に描くこともあれば、池の水面だけに集中することもありますが、どう違うんですか？」

晴海は気になっていた問いを、近くに立っている桐子に訊ねた。

「一般的には、制作時期によっても違うと言われています。最初期の《睡蓮》は、この絵のように、日本風の橋や周囲の木々とともに描かれました。いわば第一連作といえます。そして第二連作に含まれるのが、こちらの一九〇七年の《睡蓮》です」

桐子が指したのは、となりに展示された、もう一点のモネだった。

「この頃になると、モネの視線は水面に浮かぶ睡蓮へとフォーカスし、画面全体に水面が広がるようになります。モネ自身、『水と反映の風景に取り憑《つ》かれてしまった』と友人に書き送った手紙が残ってもいるんです」

こちらも同じく正方形の画面だが、池の水面が余さずに表現されている。しかもよく見れば、描かれているのは水と睡蓮だけではない。葉や花のあいまに、空の色や雲の動き、周囲の木々がしっかりと反映している。

池から立ち昇る靄《もや》、水中で揺らめく藻、底の深みといった奥深い領域への意識が伝わってきて、こちらの想像力を喚起する。

だからモネの庭を思い出したんだ、と晴海は腑に落ちた。モネが描いたのは、庭のリアルな一瞬だから――。

じつは、晴海は二十歳の頃に、ジヴェルニーにあるモネの庭を旅したことがあった。ポーラ美術館の二点のモネ作品と対峙した瞬間、その記憶がよみがえっていた。当時好きだった音楽、仲が良かった友人、抱えていた悩み、ついに辿りついたという瑞々しい感動。

「私、若いときにバックパックでフランス各地の庭を旅したことがあるんです」

「庭師になられる前ですか？」

「はい、目指していた頃です」

晴海は気がつくと、その頃のことを桐子に話していた。

ネットも携帯電話もない、旅先では不便なのが当たり前だった時代、フランス語もわからず行き当たりばったりの貧乏旅行だった。電車やバス、宿泊先で出会った人になんとか助けられながら、晴海は運まかせの旅を楽しんだ。

フランスには、ヴェルサイユ宮殿など名城の格式高い庭園だけではなく、芸術家の庭がたくさん残されていた。

たとえば、ファッション・デザイナーとして名をはせたクリスチャン・ディオールの、知る人ぞ知る庭園。幼少期より花に情熱を注ぎ、庭師といる時間を愛したという天才的デザイナーが、もっとも愛したのはバラだった。緑のトンネルからはじまるバラ園は、白やピンクや赤の花々が咲き薫《かお》っていた。

他にも、ルノワールやロダンなど、芸術家のつくった魅力的な庭を見て回ったが、わけても幸せな気分になれたのが、モネの庭だった。

「私も一度だけ、春に訪れたことがあります。本当に素敵なところですよね」

桐子と肯きあいながら、晴海はふたたび《睡蓮》を見つめた。

パリ北西の村ジヴェルニーは、モネの有名な絵になったサン＝ラザール駅から電車で一時間、さらにバスと徒歩で二十分ほどだった。

晴海が旅をしたのは五月初旬で、陽光があふれていた。背の高いポプラや柳がそよ風になびき、澄んだ空気が心地よかった。砂利道に沿って歩いていくと、やがて緑色の可愛らしい門が現れた。

モネは「花の庭」と「水の庭」という二つの庭を生みだした。二階建ての邸宅兼アトリエのある「花の庭」に足を踏みいれたとたん、甘美な芳香に包まれたのを憶えている。

どこを見ても、花、花、花だった。ヒナゲシやバラが咲き乱れ、樹齢百年にもなる立派な桜の木の下では、水仙が黄色い花をつけている。

何曜日かは忘れたが、晴海が訪れた日はほとんど人がおらず、時間がゆったりと流れていた。移動の疲れもあり、オアシスに辿り着いたようで特別な安らぎを感じた。若かった晴海は、将来への不安から逃れるように旅していたが、おかげで庭師になりたいという夢を見つめ直すこともできた。

モネにとっての終《つい》の棲家《すみか》は、おとぎ話に登場しそうな横長の洋館で、ピンク色に塗られたファサードはツルバラや緑豊かな蔦《つた》で飾られていた。館内を見学してから、寝室だった二階の窓から、素晴らしい庭の眺望を楽しんだ。

「モネは四十代前半でジヴェルニーに移住しましたが、引っ越して真っ先に、家の前に理想の庭をつくることに取り組んだんです。それはモネの長年の夢でもあって、色とりどりの花が咲き乱れる『花の庭』として結実しました。『花のおかげで、私は画家になれた』という言葉を残しているほどです」

「だからモネの絵には、いつもたくさんの花が登場するわけですね。睡蓮だけじゃなく、本当に数えきれない、珍しい品種も含めて」

「そうなんです」

ジヴェルニーの庭には、ありとあらゆる花が植えられていた。モネはどの季節にも賑やかに見えるように、種類にも気を配ったのだろう。春はスミレやアネモネ、夏はシャクヤクやヒマワリ、秋はダリアやキク、冬は休園して未来のために眠りに入る。

モネにとって花が絵具なら、ゆたかな色彩の花壇はパレットであり、四季折々に変化する庭こそがカンヴァスだろう。

「ところで、モネの庭には、もうひとつ『水の庭』がありましたよね。あれは、どういう経緯でつくられたんですか？」

「一八九三年に、モネは道路を隔てた隣の土地を買い、川から水を引いて睡蓮の浮かぶ池をつくったんです。そもそもその村は、セーヌ川とエプト川の合流地点にある水の豊かな場所だったので、睡蓮が自生していたそうですね」

「じゃあ、もしその土地と運命的な出会いをしていなかったら、《睡蓮》の連作も生まれていなかったということ？」

「そうかもしれませんね」

晴海が「水の庭」のことでまず思い出すのは、その音だった。水のせせらぎ、鳥のさえずり、木々のざわめき。湿度とあいまって生き物の気配も強かった。

あとは浮世絵に出てきそうな橋が架けられ、柳や桜、藤や牡丹といった日本でもなじみの深い植物も多く発見した。

「庭師を目指していた頃の春日井さんにとって、モネの『花の庭』や『水の庭』はどんなふうに感じられましたか？」

改めて問われると、考えさせられる。

「そうですね……まずは、並々ならぬ情熱を注いだだろうなって感服しました。たとえば、絵は一度完成すれば、手を加えることは滅多にないものだと思うけど、庭に終わりはなく、絶えずケアをしつづけないといけない。その点、モネはどのくらいの手間暇をかけたんだろうって」

桐子は大きく肯くと、「本当ですよね。モネは六人もの園丁《えんてい》を雇い、独学で玄人《くろうと》並みの知識があったといいます。邸宅を離れなければならないときは、庭の花々を誰よりも心配して、たくさんの注意事項をメモに書き残したとか」と言った。

「めちゃくちゃわかるな。私も、とりわけ自分の庭って、たとえるなら、愛犬や愛猫と同じなんですよね。水やりや手入れをしてやれないと思ったら、おちおち出かけられません。出張のあと久しぶりに世話をすると、雑草が生えていたり枯れていたりして、申し訳なくなります」

桐子は笑った。

「きっとモネにとって庭を描くことは、大切な人を描くのと同じような行為だったのかもしれませんね。家族や恋人のふとした愛らしい仕草や、大好きな笑顔を永遠に見ていたいっていう純粋な欲求から、筆をとっていたように思えてきます」

だからこそ、モネの絵の主なモチーフは、庭の表情に絞られたのか。

老年のモネは日焼けをして、庭師や農夫と変わらない姿だったという。

晴海はその姿を思い浮かべて、一人くすりと笑う。

「また、モネは《睡蓮》の絵を、見える通りに描いたと言われています。雲や太陽、霧や日差しなど、そのうつろいを見定め、カンヴァスに忠実に再現しました。だから同時に二、三枚の絵を進行させた。毎日同じ場所に通っては、ある特定の気象条件がそろうのを待っていたんです」

晴海が訪れたのは、初夏のおだやかな日の庭だった。しかし連作のなかには、樹木の輪郭が青く染まる夕暮れもあれば、遠くの水面が不気味にうつる曇りもある。なにもかもが白く覆われた、神秘的な早朝もあった。

それらすべてを祝福するように、モネは来る日も来る日も飽かず、イーゼルを野外に立てて絵筆をふるったのだろう。

いつのまにか晴海は、二十歳の頃に戻っていた。

ジヴェルニーの庭に迷いこんで、モネの姿をそこに見つめている――。

「じつは、柳橋さんからは『モネの庭をつくりたい』と言われていたんです。最初は私の方も、ぜひつくりましょうって意気込んでいたのに、だんだん意見が食い違って、頓挫してしまった。私も庭師として、日本でモネの庭をつくる難しさを知っているから、プライドが許さなかった。でも今からふり返れば、柳橋さんの希望をもっと叶《かな》えてあげるべきだったのかもしれない。後悔しても、もう遅いけど」

桐子はしばらく黙っていたが、やがて視線を《睡蓮》の方に戻した。

「もう遅いんでしょうか?」

「えっ?」

「モネの《睡蓮》には、いくつか楽しみ方があると私は思うんです」

「楽しみ方……鑑賞法ってこと?」

桐子は肯いた。

「ほら、《睡蓮》って、ものすごく沢山あるじゃないですか。分類するだけでも楽しいと思うんです。あくまで私の自己流なんですけど」と前置きして、桐子はこの三つを指折り提案してきた。
一、いつの時間帯で、どんな天気なのかを想像する。

二、近寄って、好きな色を探してみる。
三、三つの世界を想像する。
「まず、時間帯や天気。たとえば、ポーラ美術館の《睡蓮》は、ちょっと薄曇りかもなって感じがしません？」と、桐子は絵を指す。

「快晴というよりも、真っ白の雲に覆われた空がうつりこんでいますね」

「ですよね。それから、近寄ってみたら、遠くでは単なる緑に見えた葉っぱにも、じつにたくさんの色が用いられているとわかります。私は深い青が好きですが、じつはピンク色の花にも青が使われています。そういう発見も楽しくないですか？」

「なるほど。それで、三つの世界っていうのは？」

晴海が訊ねると、桐子はふたたび絵の方を見た。

「とくに第二連作の《睡蓮》は、水面だけを描いているように思えて、本当はそうじゃないんです。周囲の木々や空という外の世界に加えて、水底という内の世界も描かれている。内と外、そしてその境界の、三つになります」

「それで、三つの世界が描かれているというわけだ？」

「はい。時間にたとえれば、過去と、未来と、現在に置き換えられないでしょうか？

その三つは別々に存在するわけではなく、つねに重なり合っている。今は過去の結果であり、未来につながっているからです」

桐子の言葉を吟味しながら、晴海はしみじみと肯く。

「そう言われれば、モネの《睡蓮》は人生を象徴しているように思えてくるわね」

「すみません、勝手な解釈なんですが」

「面白いわよ。哲学的で」

桐子は少なくとも、こちらの背中を押してくれている。今、行動にうつすことによって、この先、柳橋との関わり方も変えられる。《睡蓮》について語り合いながら、間接的に励まされているような気持ちになった。

よく考えれば、桐子が提案した三つの見方は、人との関わり方にも通ずる。その人がどんな状況で、どんな気分なのかを想像する。よく知り合って、好きなところを見つける。三つの時間軸で考えてみる。なるほど、どれも大切な観点だった。

晴海は柳橋との関係を、今一度見つめ直そうと思えた。


建物の外に出ると、ひんやりした外気が心地よかった。

周辺に整備された森の散策路を進んでいくと、野外彫刻がちらほらと現れる。

「あれも作品ですか?」と、華月はしきりに優彩に訊ねている。別々に見学しているあいだに、すっかり打ち解けたらしい。優彩の方も「変わった形の彫刻だね」と、同じ目線で答えている。

そのとき、先を歩いていた華月が、足元に設置されたパネルを読みはじめた。

「なんて書いてあるの？」

晴海が覗きこむと、華月は顔を上げないまま神妙に答えた。

「この辺りは、リゾート開発でたくさんの動植物がいなくなったんだってさ。保全活動を進めているらしいけど、姿を消したり、死んじゃったりするって残酷だね」

最近、華月はこちらが驚くことを口にする。自分が小学五年生だった頃、こんなにいろんなことを考えていたっけ。晴海はとなりにしゃがみ込んで、落ち葉を一枚拾った。

「そう考えると、ばあばの仕事も罪深いのかもしれない。庭だけでなく、どんな建物も人工物である以上、自然に影響を及ぼしてしまうからね。だからこそ、どうすればもっとうまく共生できるのかを考えなくちゃいけないね」

「それって、できるの？」

「わからない。でも努力しなきゃなにもはじまらない」

少し考えてから、華月は突然訊ねた。

「ばあばは死ぬのって怖い？」

難しい質問だ。晴海は立ちあがった。

散策路を華月と並んで進みながら、言葉を選ぶ。

「どうだろう。自分が死んでも、残るものがある人生なら、さほど怖くないかな。ほら、ポーラ美術館をつくってくれた鈴木さんみたいにね。モネは絵だけじゃなく、庭という贈り物も置いていった。ばあばも、こう見えていくつか仕事で携わった庭が、まだ誰かに楽しんでもらえているようだから、悔いはないかな」

華月はホッとしたように、「そっか」と肯く。

「それに、私が死んでも華月がいるしね。私の代わりに、幸せに暮らしてくれると思ったら、あんまり怖くないよ」

「そういうもの？」

「そういうもの。だから安心して大人になってね」

華月はにっこりと笑い、「あ、また作品があったよ」と、木立に隠れるように設置された現代アート作品を指した。白い筒状の巨大なオブジェで、上の部分に水が溜まっている。よりにもよって、題名は《鳥葬《ちょうそう》》。また死に関わる。

「柳橋さんに、お礼したいね」

華月はオブジェのまわりを歩きながら、晴海の手を引いた。

「まずは、会いにいこうか」

「うん、会ってみたい」

ふり向くと、不思議なオブジェ越しに、桐子と目が合う。

今のやりとりを聞いていたらしく、桐子はかすかにほほ笑んで肯いた。

『春休みの思い出』　小池華月

私は春休みに美術館に行きました。

ポーラ美術館といって、温泉で有名な箱根にあります。招待してくれたのは、おばあちゃんの古い友だち（昔、庭づくりを頼まれた人だそう）です。

美術館はとてもいい場所でした。

私には楽しみ方がよくわからないものもあったけれど、来ている人は、真面目《まじめ》モードに切り替わっている感じがして、私まで大人の仲間入りをした気分でした。よかったらみなさんも、美術館に行ってみてはどうでしょうか。

そうそう、おばあちゃんは家に帰ってから、招待してくれた古い友だちに連絡をとったらしく、つぎの週に、二人で会いにいきました。私はどきどきしましたが、二人は私が想像したよりも普通に、仲がよさそうに接していました。私は食べたこともない美味《おい》しいチョコレートのお菓子と、同じく、飲んだことのない果物のいい香りがする紅茶を飲みました。でもその人は、なにも食べたり飲んだりしませんでした。

その大きな家には、池のある大きな庭がありました。今は雑草だらけでぐちゃぐちゃですが、おばあちゃんが腕によりをかけて、きれいにしてくれるでしょう。なぜなら、私のおばあちゃんは世界一の庭師だからです。

先週は、一翔くんという、ダイガクインセイの人とも出会いました。一翔くんも、私たちと同じように、美術館へ招待されたそうです。優しくて、植物のことをよく知っていて、なんでも教えてくれる一翔くんとは、すぐに仲良しになりました。一翔くんも、これから庭造りを手伝いたいと言っているので、私はワクワクしています。

一翔くんは、花占いの必勝法を教えてくれました。スキ、キライ、スキ、キライと数えながら一枚ずつ取っていく占いです。この花占いは、コスモスではやってはいけません。花びらが八枚なので、キライで終わってしまうからです。おすすめなのは、花びらが二十一枚のマーガレットです。私が一翔くんとの関係を占うときは、マーガレットにします。みなさんもぜひ、試してみてください。

第三章　大原美術館、倉敷

「友情をとりもどす睡蓮」

ポーラ美術館のあと、つぎの代理人と《睡蓮》を見に行くまで一ヵ月ほど空いた。予定の日程より遅れてしまったのは、柳橋が病状を悪化させ、緩和《かんわ》ケア病棟にしばらく入っていたからだ。

妻の咲子から打ち合わせを延期したいと連絡を受けたとき、優彩は他の仕事が手につかなくなった。さすがに病室まで伺うのははばかられたが、あと一週間も入院がつづいていれば、見舞いを兼ねて病院まで足を運ぶつもりだった。

久しぶりに再会した柳橋は、車いすを使用しており、全体的に線が細くなったように感じた。とはいえ、顔色もよく声には張りがあって、こちらも状況がわからず心配しすぎただろうかと安堵する。

「ずいぶんと進んだでしょう？」

奇妙な沈黙が流れる。

「庭です、庭」

柳橋は皮肉っぽく笑った。たまに趣味の悪い冗談を言う人だ。

「やめてください」

いつも冷静なのに、桐子の怒った声がして、桐子も優彩と同じくらい柳橋の病状を案じていたことを思い出す。

「すみません。私の入院中、お二人はうちにも来てくださったみたいですね」

「はい。晴海さんや華月ちゃんに誘っていただいて」

晴海はその後、作業を精力的にこなしていた。

草むしりからはじまり、土の入れ替えや新たな苗の植えつけなどを進めながら、装飾に使う煉瓦《れんが》などを手配して、植物がより育ちやすいデザインを考案した。

とくに池の整備には、細心の注意を払っているらしい。大規模な工事を入念に進めている。晴海は、睡蓮の咲くモネの庭を目指しているというが、苗を植えられる時期は限られている。

優彩たちが知らないところで、晴海は柳橋の事情を知ったらしい。せめて最期に、自分の庭に花ひらいた睡蓮を見せてあげたいのだろう。

事前に送っていたレポートに手を置いて、柳橋は切りだす。

「それで、春日井さんからも直接、話を聞きましたよ。どうやらポーラ美術館では、有意義な時間を過ごせたようで」

「そうなんです。《睡蓮》について、ざっとご説明すると、ポーラ美術館にはモネの《睡蓮》が二点ありましたが、どちらも西洋美術館の《睡蓮》よりも小ぶりで、正方形でした。片方は初期に描かれた太鼓橋を含めた風景画で、もう片方は第二期に描かれた水面をクローズアップしたものです」

「あなたの印象は？　前回のものと比べて、どんな違いがありました？」

「画像でもご覧いただいた通り、ポーラ美術館の明るい空間では、屋外の庭を連想させる二点でしたね。春日井さんもジヴェルニーの庭を思い出したそうで、私も花の香りと爽やかな風を感じました」

「なるほど。ありがとう」

「十分に伝わっているといいんですが」

「十分ですよ。だからこそ、お礼を言っています。私一人では《睡蓮》だけではなく、春日井さんとの関係も修復できませんでした」

桐子が励ますように、しっかりとした口調で本題に戻す。

「ポーラ美術館の二点は、柳橋さまの記憶のなかの《睡蓮》でしょうか？」

柳橋はこちらに視線を戻し、車いすで背筋を伸ばした。優彩たちをより信頼してくれたのか、くだけた口調になって答える。

「君たちには申し訳ないが、どうやら違うようだ。あれから、夢を見てね」

「夢？」と、桐子は首を傾げる。

「例の《睡蓮》を見ている夢だった。私は夢のなかで、誰かと一緒に絵を見ていたように思う」

「お相手は思い出せますか？」

柳橋は黙ったまま、首を左右に振った。

手がかりが見つかったかと期待したが、曖昧な夢だけでは不十分だ。しかし柳橋は優彩にほほ笑みかけ、別の書類をテーブルに置いた。

「ただし、一人で見た《睡蓮》ではないことはたしかだ。ポーラ美術館を訪れたのは、二十年ほど前、会社で扱っている不動産が箱根にあったので、出張ついでに一人で足を延ばしたときだった。だから夢のおかげで違うとわかったよ」

「ご友人やご家族と訪問された美術館は、候補地のなかにありますか？」

「それが、この大原美術館だよ」と、柳橋は書類を指した。「大学の頃に、親しかった友人と訪れたことがある」

「そのご友人が、つぎの代理人、花田《はなだ》大輝《だいき》さんですね？」

桐子は書類を手にとって訊ねた。

「そう。もしかすると私は、大原美術館での思い出を夢に見たのかもしれない。不明瞭な夢だったから、相手が誰なのかはわからない。場所も美術館というくらいしか憶えていない。でも、なんとなく一緒にいたのは花田だったんじゃないかって気がしてね」

柳橋は窓の外に目をやり、口調をやわらげた。

「以前、梅村社長に言ったように、私自身は旅があまり好きじゃないんだ」

「憶えています、しっかりと」と、桐子は冗談っぽく言った。

柳橋は笑った。

「だって、わざわざ家に忘れ物をする心配をしたり、金を払って慣れないベッドで寝たりするのは、面白くないだろう？」

「まったくの正論だと思います」と、桐子も笑った。

「でも花田とは何度も、旅に出かけたことがあるんだ。はじめは彼に一人旅に出ることをすすめたのに、彼がしつこく僕を誘うから、結局道連れにされたんだ。でも不思議なことに、花田と一緒ならバックパックも安いツアー旅行も、そのときにしか味わえない特別な体験になった。彼は私にとって、一人じゃ手の届かない経験をさせてくれる貴重な友だちになった。そういう相手は、人生に何度も出会えるわけじゃない」

一人じゃ手の届かない経験をさせてくれる――。

優彩は思わず、静かに相槌を打つ桐子の横顔をちらりと見た。

「そんな花田との印象深い旅のひとつが、瀬戸内《せとうち》を自転車で回ったあとの、倉敷での滞在だった」

「どのくらい滞在なさったんです？」

「倉敷には一泊しかしなかったけれど、アートに興味のない花田を連れて、大原美術館に行ったのを憶えてるよ」

柳橋は楽しそうに言った。

一人旅と、誰かとする旅と、それぞれに良さがある。一人旅はいつでも自分の好きなときに出発できて自由で気楽だ。

でも誰かとする旅は、一緒に行ってくれる相手がいないと絶対にできない。相手と予定を合わせて目的地を相談し、なによりこの人と旅がしたいと思ってくれるほどの関係性を、旅の前に築かなければならない。

しかも旅先ではずっと相手と一緒なので、喧嘩《けんか》やイライラすることも珍しくない。そんななかで、今も楽しそうに語られる花田との旅の思い出は、優彩にも羨ましく感じられた。

「花田さんとは、今も親しいんですか？」

桐子が訊ねると、柳橋は首を左右に振った。

「大学生の頃は、心を許して、なんでも語り合える関係だったのに、いつしか距離ができてしまった。当時はたしかに、永遠に友人でいられるような気がしたのにね。本当はそんなのは私の幻想で、自分の都合のいいようにしか彼を見ていなかったのかもしれない」

黙りこんだ柳橋に、桐子は訊ねる。

「大原美術館には、柳橋さまもご同行なさってはどうですか？」

「いいよ、やめておく」

柳橋は即座に断った。

笑顔だったが、その方がかえって、まったくそのつもりがないことが伝わった。

花田となにがあったんだろう——。

優彩は気になりつつ、訊くことを思いとどまる。桐子もその話題には最後まで触れなかった。こちらが訊けば、柳橋は説明してくれたかもしれない。しかし少なくとも、二人にはまだわだかまりがあるような気がした。

応接室を出ると、咲子が玄関先まで送ってくれた。

「柳橋さま、お元気そうで安心しました」

桐子の気遣いに、咲子は頭を下げた。

「おかげさまで、体調は少し落ち着いたんです。ただ、本人は弱っていると思います。いろいろあったから……」

「いろいろ？」と、桐子。

「じつは入院していたあいだに、夫の妹がお見舞いに来てくれたんです。じつは義妹《いもうと》と夫は、長いあいだ喧嘩別れしていました。というのも、義妹の旦那さんが、たびたびお金のトラブルを起こす人で、そのたびに夫が助けていたから……さすがに今回は違うことを祈ったんですが、嫌な予感が的中しました。こともあろうに、夫が死んだあと多めに遺産を譲ってほしいって言いにきたんです」

「そんな……おつらいですね」と、優彩は呟く。

「義妹の気持ちもわからないわけじゃないんですけどね。向こうは子どもが三人いて、上の子は受験に失敗したとかで、そのうえ家のローンもあるそうです。うちにはお金が有り余っているように見えるんでしょう」

「だからって、まだ柳橋さんはお元気なのに」優彩は憤りを隠せない。

「そんなものですよ。でも私が心配になった理由は、そのあとのことの方が大きいんです。健康だった頃の夫なら、ふざけるなって門前払いしていただろうけど、今回はすぐに大金を振り込んだんです。こんな状況でも他人のために善意を尽くしたことに感心する反面、やっぱり相当傷ついたんじゃないかと思います」

「そうでしたか」

家を出ると、雲行きがあやしくなっていた。先週までは爽やかな陽気だったのに、生あたたかい風がまとわりつく。

柳橋が花田をつぎの代理人にした気持ちが、少しわかった気がした。

この人だけは、なにがあっても裏切らない。そんな友だちと呼べる相手がいたことを死ぬまでに思い出したかったのではないか。富を築いた成功者だからこその、孤独な一面もあるのだと知った。

＊

旅行に出るのは、いつ以来だろう。

羽田空港に到着した花田大輝は、改めてふり返った。

おそらく、あいつと喧嘩別れをしてからだ。よく二人で旅行をした友だちであり、この旅をプレゼントしてきた張本人である。

昨日までは、久しぶりの旅行に対する不安よりも高揚感の方が勝っていた。だから荷造りもわくわくしたし、夜中まで旅先のことを調べた。しかし、日の昇りきらないうちに家を出発して、電車を乗り継ぎ、モノレールの車窓から倉庫街を眺めたとき、来るんじゃなかったという後悔が押し寄せた。

――気が乗らない理由でもあるの？

招待状が届いた日、妻は鋭くそう訊ねた。

たしかに客観的に見ても、行かない理由はなかった。子育ての方も、長男はこの春から就職し、大学生の長女も韓国に留学している。花田が経営している花屋の方も、店の日常的な切り盛りはしているものの、三十代の優秀な副店長にいつでも任せられる状態だ。

花田はあえて答えず、こう提案した。

——君が代わりに行ってきたら？家族でもいいって書いてあるよ。

——でも、あなたの友だちなんでしょ。

友だち、と今も呼んでいいのか、花田にはわからなかった。そもそも今の花田には公私ともに長く付き合っている取引先の知人や、趣味のスポーツ観戦でつながっている同好の士はいるが、友だちと屈託なく呼べる相手は多くはない。とくに学生時代からの旧友となると、一人も思いつかなかった。

——せめて一緒に行かない？

妻は呆《あき》れたように、ため息を吐《つ》いた。

——このあいだ、ネット記事で読んだんだけど、世の中の九割の人が、恋人や配偶者よりも、同性と旅をした方が楽しいって考えているみたいよ。その方が会話が弾むし気も遣わないからってね。

どうやら妻も九割のうちの一人らしい。花田は項垂《うなだ》れた。

招待状を受けとったときの直感に従うべきだったが、今更引き返すわけにもいかない。

花田は羽田空港の駅改札をくぐった。

　国内線のカウンターの並びにある、電光掲示板に表示されたフライト情報を確かめると、岡山桃太郎空港行きのフライトを見つけた。幸い予定通りの運航らしく、搭乗口に変更もなかった。

　それにしても、本当に旅行会社の人はいるのだろうか。

　ボストンバッグを持つ手に力が入り、心なしか歩調も速まっていた。待ち合わせ場所の時計台が見える。大勢が待っているなかで、女性二人組が目に入った。そのうち一人が、たしかに「花田大輝様」と記されたボードを持っていて、花田は安堵した。

「花田です、お世話になります」

　声をかけると、二人とも満面の笑みになった。

「はじめまして。本日はどうぞよろしくお願いいたします」

　丁寧にお辞儀をされて、二人からそれぞれの名刺を受けとる。先に挨拶をしてきた方は志比桐子で、傍らに立つのが桜野優彩という名前だった。桐子の方が年上で、立場的にも先輩のようだ。

　ゴールデンウィークを外れたとはいえ、出発ロビーは混雑していた。荷物を預け、搭乗口前のベンチで待っているのは、子ども連れから高齢者の団体までさまざまだ。売店で買ったコーヒーをすすりながら、花田は二人と世間話をした。

どうやら梅村トラベルはアートに特化した旅行会社らしく、今回は特別にアテンドをするけれど、普段は旅程を組んでチケットを手配するだけが多いらしい。この日も大原美術館がメインとはいえ、二人が同行するのはそこまでである。他の行先は、観光スポットのリストなど資料をもらっていて、行程はすべて花田の自由だった。

「大原美術館のあとは、岡山後楽園《こうらくえん》とか、花の名所を巡る予定です」

「日本三名園のひとつですしね」と、桐子は肯いたあと、「花田さんはお花がお好きなんですか」と訊ねた。

「花屋なんですよ、僕」

「あっ、そうでしたか」

年下の優彩の方が目を丸くするが、すぐさま桐子から視線でたしなめられて「すみません、少し意外だったもので」と、慌てて頭を下げる。

「いえいえ、よく驚かれます。こういうルックスですからね、その反応が当たり前ですよ」

優彩の率直さに好感を抱きながら、花田は笑った。

花田は幼い頃から体格がよく、高校から大学二年までラグビー部に入っていた。顔もかなり濃い方だという自覚があり、目力があるとか、ソース顔を通り越して味噌顔だとか評される。外見的には、大工や消防士の方が似合うだろう。

とはいえ、花屋だって華やかに見えて案外、体力勝負である。朝一番に花を仕入れにいくと、鮮度を自分の目でチェックするために、隅から隅まで広大な卸売市場を歩きまわる。百本単位で花を仕入れるので、バケツごと運ぶ作業や、長持ちさせるための水揚げは骨が折れる。長く仕事をつづけられるように、今もランニングをして体力維持に努めていた。

「柳橋から、僕が花屋だって聞かなかったんですね」

さりげなく確認すると、桐子は首を左右に振った。

「花田さんが花屋を営んでいらっしゃることは、おそらく柳橋さまもご存じないかと思います」

それはそうか、と花田は思い直す。二十代から三十代にかけては、自分にとって変化の多い年頃だったので、よく記憶の順番がごっちゃになる。しかし葬式用の花を扱う会社に入社したのは、柳橋と疎遠になってしまったあとだ。しかも柳橋と仲が良かった頃は、まさか自分が花屋になるなんて思わなかった。

搭乗手続きのアナウンスが流れて、周囲がいっせいに立ちあがる。搭乗券をチェックされてゲートをくぐったところで、桐子たちと別れた。

「では、岡山空港の到着ゲートでお待ちしております」

「わかりました、また」

花田のために予約されていたのは、プレミアムシートだった。

ワインを傾け、窓の外に広がる雲海と、その下で輝く緑の大地を見つめていると、空港に到着したときの後悔は消えていた。旅行会社の女性二人は親切だったし、柳橋からもてなされている実感を抱く。

柳橋はなぜ今になって、これほどまどろっこしい方法で、この旅をプレゼントしてきたのだろう。かといって、柳橋本人に連絡をする決心は、到底つかなかった。

花田が柳橋と出会ったのは、大学のラグビー部を、ケガをきっかけに辞めた二年生の夏だった。練習三昧《ざんまい》から一変なにもすることがない、暇で仕方ない夏休みがはじまろうとしていた。

大学構内の庭園を歩いていたら、ベンチに座っていた男子学生から、声をかけられた。

――落としましたよ。

ふり返ると、ポケットに入れていた文庫本が、なにかの拍子に道に落ちたらしく、彼が代わりに拾ってくれていた。学年は同じくらいに見えた。軽くタックルしただけで骨が折れそうなほど線が細く、目つきは鋭い。知的な印象を受けるのは、眼鏡の他に黒を基調にしたシックな服装のせいだろうか。

――ありがとう。

すぐに受け取ろうとした花田に、男子学生は呟いた。

――東京には空が無い。

――はい？

すると、男性は眉をひそめた。

花田の方こそ不審に思っていると、彼は頭のよさそうな口調でつづけた。

――高村光太郎《たかむらこうたろう》の『智恵子抄《ちえこしょう》』。今あなたが落とした本に収録された詩の、有名な一節ですよ。そんなふうに持ち歩いているのに、読んでいないんですね。

彼は上から目線を隠すつもりもなさそうに、花田のことを上から下まで舐《な》めるようにして眺めた。なるほど、でかい図体をしたおまえに、その繊細《せんさい》な内容の本は似つかわしくないよな、と言わんばかりの顔だった。

しかし花田は素直に、すごいと思った。この人ともっと話したい、とも。

――じつは雑誌ですすめられていたから買ったものの、難しくてよくわからないんです。どういうことを言っているのか、解説してもらえませんか？

男子学生はほほ笑んだ。

――気が進まないけど、僕の愛読書だから特別にいいですよ。

それが柳橋との出会いである。

仲良くなってから二人で飲んでいるとき、体力が有り余っているなら旅にでも出たらどうか、と助言してくれたのも柳橋だった。だから責任をとらせようと、柳橋も道連れにして各地に出かけるようになった。

でも今となっては、柳橋はそのことも忘れているだろう。


午前十時前、岡山空港に着陸した。

岡山空港からはリムジンバスで倉敷駅まで向かい、倉敷駅でタクシーに乗りかえた。大原美術館のある倉敷美観《びかん》地区に到着したのは、十一時半過ぎだった。

数人乗りの舟が運行されている倉敷川沿いに、柳並木が初夏の風にそよぐ。なまこ壁というらしい漆喰《しっくい》の外壁や、板壁の土産屋《みやげや》が並んでいる通りは、歴史のなかに迷いこんだような趣《おもむき》があった。

柳橋とここを訪れた三十余年前、自分たちは二十歳そこそこだった。青春18きっぷで瀬戸内に向かったので、到着まで何日もかかったが、苦労して安宿を探すのも楽しく、野宿だって厭《いと》わなかった。

今では、岡山空港まで一時間二十分の飛行機に乗る余裕はいくらでもあるのに、旅に出ることに二の足を踏んでしまう。かつての情熱を複雑な気持ちでふり返りながら、花田は美観地区のレトロな風景をなつかしんだ。

それから一行は、ランチに向かった。桐子に案内されたのは、白壁の蔵屋敷を改装した旅館のなかにある食事処だった。通された席からは、窓越しに手入れの行き届いた日本庭園が広がる。

運ばれた三千円の御膳をいただきながら、花田は完全に日常から離れ、旅に出ているという気分に浸った。

「花田さんが以前お越しになったときと比べて、景観も変化していますか？」

「どうでしょう。そもそも学生の貧乏旅行で、こういうちゃんとした店に来る経済的余裕はなかったですからね。それに、倉敷観光はおまけみたいなものだったし、僕としては、ロードバイクが気持ちよかったとか、銭湯が最高だったとか、国産ジーンズの店を探したのに見つけられなかったとか、とりとめもないことばかり思い出します」

御膳を食べ終わり、岡山の名産品マスカットのデザートが出された。

「ところで、柳橋はどうしてまた、僕を旅に誘ってきたんでしょうか？」

「といいますと？」

「ずっと不思議だったんです。なんせ彼と疎遠になったのは、何十年も前のことですからね。それ以降、彼は仕事で大勢の人と関わっただろうに、なぜ僕なんでしょう。僕のことなんて、とっくに忘れていると思っていました」

桐子とはじめて電話口で話したとき、どこから連絡先を入手したんだろうという疑問がまず湧いた。共通の友人だってもういない。訊けば、SNSで探したらしい。もう少し個人情報に気を遣おうと思ったほどだ。

思い出のなかの柳橋は、知性と情熱に満ちていた。どこまでも自信家で、世界のあらゆる法則を理解している、とでも言わんばかりに熱弁をふるった。実際、それを裏付けるだけの才能もあった。

柳橋が投資家として成功していると噂で聞いたときも、花田は驚かなかった。

「申し訳ありません。私たちも存じ上げないことも多いですし、そもそも私たちの口からは申し上げるべきか、判断しかねてもおります。だから、できればご本人にお訊ねになってください。ただ……」

桐子は躊躇《ちゅうちょ》するように、目を逸《そ》らして口ごもった。

「ただ？」

花田が先を促すと、桐子は優彩と目で肯きあったあと、ふたたびこちらに視線を戻した。

「謝罪がしたい、とおっしゃっていました」

店内で流れているＢＧＭのジャズが、やけに耳障りになった。

本当に謝るべきなのは、こっちのほうなのに――。

答えられなくなった花田に、二人はそれ以上詮索《せんさく》してこなかった。とうの昔の出来事なのに、まだ許せないのだと勘違いされたかもしれない。しかし、そんなふうに心が狭いと思われる方が、ずっとマシだった。

本当のことを知られるよりも、ずっと。

店を出ると、自転車を押す若者二人組とすれ違った。大きなバックパックを背負い、地図を見ながらつぎの目的地を話し合っている。楽しそうで、花田は胸が苦しくなった。

＊

優彩は花田に対して、空港に現れたときから、優しくて温厚という印象を抱いた。移動中やレストランなどちょっとした場面でも、アテンドする側の優彩や桐子に、さりげない気配りをしてくれるたびに、不思議さがつのった。

こんな人でも友だちと喧嘩別れをするんだ、と。

空港でも食事処でも、花田は自分から柳橋の話題を振るわりに、話しはじめると気まずそうにしていた。桐子が柳橋からの謝罪を伝えたあとは、口数まで減った。こんなに優しく誠実そうな人が、何十年も経っているのに、頑《かたくな》に謝罪を受け入れないことが意外だった。

大原美術館の敷地をぐるりと囲む石垣は、青々としたヘデラの葉に覆われていた。

美術館の入口から、すぐのところにチケット売り場がある。購入したチケットを手渡すと、花田は頭を下げ、両手で受けとってくれた。やはり律儀《りちぎ》な人だ。

「では、行きましょうか」と、桐子が促す。

「こんな場所だったかな、全然憶えてないな。古い美術館なんでしたっけ？」

花田は周囲を見回しながら、桐子に訊ねた。

「そうですね。大原美術館は一九三〇年、世界恐慌の影響下にありながら、西洋美術を有する日本ではじめての施設として建てられました」

今では、当時の姿を残しているギリシャ神殿風の本館に加えて、分館、工芸・東洋館、そして新展示棟という平成になって増築された建物から成るという。

「へぇ。でも実際は、こぢんまりしていますよね」

たしかに、優彩も実物を見るまでは、荘厳で立派な美術館というイメージを持っていたが、実際に訪れると、地元の人に愛される美術館であることが伝わる。

正面玄関の列柱の前には、西洋美術館でも見かけたロダンの彫刻が立っており、あいだをくぐって本館に入る。

小さな事務室を過ぎれば、目の前はもう展示空間だった。

はじめに目に飛びこんできたのは、着物をまとうブロンドの少女の肖像画である。

輪郭線を用いることなく、鮮やかな色が迷彩柄のようにカンヴァスを埋め尽くしていた。着物の鮮やかな色や、戸外の光にも惹かれるが、なにより最も解像度が高く描写されている少女の顔から、目が離せなくなる。

「きれいですね。これは見覚えがあるような」と、花田。

たしかに展示場所からしても、重要な作品なのかもしれない。

キャプションを見ると、児島虎次郎《こじまとらじろう》の《和服を着たベルギーの少女》だった。絵のすぐ横に、創設者である大原孫三郎《まごさぶろう》の胸像があった。パネルの説明によれば、大原の支援によって渡欧した児島は、ベルギーのゲント王立美術アカデミーで学んだあと、美術収集に尽力したという。

美術館の歴史に思いを馳《は》せながら、一階の広い展示室にある作品を見学する。たとえば、児島が欧州から持ち帰り、大原美術館へとつながる最初の収集品になった、アマン＝ジャンの《髪》など。

そのあと、隣のガラス張りになった明るい空間に出て、階段を上っていく。

本館二階には、絵画がずらりと並んでいた。

「そうそう。こういう展示室でしたね」

花田は言いながら、そのうちの一点に吸い寄せられる。

モネの《睡蓮》だった。他の名画に交じって、さりげなく展示されていた。

ついに、三点目に出会えた――。

優彩は深呼吸をした。それは、これまで見たなかでも、とくに時間帯を想像しやすい一枚だった。青く沈んだ水の色からして、夕暮れか早朝の池だろう。西洋美術館にあったものは、大きく圧倒されるような《睡蓮》だった。ポーラ美術館にあったものは、正方形で曇り空っぽい白い光に満ちていた。ここの一点はどちらかというと、ポーラ美術館の方によく似ている。

じっと見つめていた花田が、独り言のように呟く。

「これが柳橋にとって、特別な一点なのかな」

「まだわかりませんが、花田さんの率直な感想を柳橋さまにお伝えいただけると助かります」と、桐子が答える。

「感想、か」

しばらく黙り込んだ花田は、「すみません。少しだけ一人で見学してもいいですか」と桐子に頭を下げた。

優彩と桐子は「もちろんです」と答え、二人だけで展示室を進むことにした。

他に誰もいない静かな通路で、桐子はちらりと周囲を窺《うかが》い、声を低くした。

「ここに来る直前に、じつは社長からこっそり教えてもらったの。柳橋さんが花田さんと仲違《なかたが》いをしたきっかけについて」

「社長は知ってたんだ？」

桐子は肯いて、「社長は病院までお見舞いに行ったみたいで、そのときに柳橋さんが話してくれたんだって」と前置きをしてつづける。

「柳橋さんは社会人になって何年かしたときに、花田さんと飲みに行ったんだけど、酔った勢いで花田さんにひどいことを言っちゃったらしい。当時、柳橋さんはサラリーマンをしていて、一方の花田さんはフリーターみたいな感じで、そのせいで気分を害したんじゃないかって」

「ひどいことって？」

「〝おまえは気楽でいいな〟的なこと」

「あー……ちょっと言いそうかも、柳橋さんなら」

優彩が両手を口元に添えると、桐子は肩をすくめた。

「柳橋さんの気持ちも、わからなくもないけどね。叱咤《しった》激励《げきれい》したくて言ったことが、相手を図らずも傷つけることってあるから」

「なるほど」

肯きながらも、優彩はまだどこか納得がいかなかった。

良くも悪くも、率直な柳橋らしい言葉だったからだ。柳橋の性格が昔から変わらないのであれば、花田はそれを受け入れたうえで友だちだったはずだ。柳橋の率直な態度にいちいち傷つくだろうか。本当は、別の理由があったようにも思えた。

通路を進むと、現代美術がいくつか展示されていた。

そのうちの一点に、巨大な真っ赤なカンヴァスがあった。近づいてみると、無数の黒い穴が開いている。いや正しくは、赤い網のようなものが黒いカンヴァスを覆っているのだった。草間彌生《くさまやよい》が一九六〇年に描いた、《無限の網》というシリーズの一作だった。気になったので、優彩は桐子とともにしばらくベンチに腰を下ろし、その絵を眺めることにした。

やがて五分ほどすると、花田が展示室に入ってきた。

「お待たせしました」

「いえいえ。じっくり鑑賞できましたか?」

「おかげさまで。ここは現代美術家の展示室ですね?」

モネの《睡蓮》についての感想は口にしないまま、花田は辺りをきょろきょろと見回したあと、目の前にある真っ赤なカンヴァスに目を留めた。

「吸い込まれそうになる絵ですね」

「あちらは草間彌生さんの作品です。草間さんの実家もまた、植物の種や苗を扱っていたそうですね」

桐子から言われて、優彩は目を丸くする。

「花田さんと通じますね」

たしかに、と花田も肯く。

「草間作品には、水玉を反復させた有名なシリーズがあるのですが、彼女が小学生の頃から実際には存在しないのに見えていた幻視を描いたと言われています。その斑点は実家で扱っていたような植物の種にも似ていませんか？　草間さんが幼少期に描いた母親のスケッチも、そういう種に似た形状の模様で覆われているんです」

「へぇ……植物っていうのは、いろんなふうに芸術に昇華されているんですね」

「本当に」と、桐子は肯く。

「あの、ひとつ伺ってもよろしいでしょうか？」と、優彩は切りだす。

「どうぞ」

「花田さんは、どうして花屋になろうと思ったんです？」

たしか花田は、柳橋と疎遠になったあとに花屋になったはずだ。

二人が疎遠になった理由と、花屋になったという経緯には、少なからずつながりがあるように思えた。

「子どもの頃から、花が好きだったんです。それが第一の理由ですが、仕事にしたいと思ったきっかけは、被災地へのボランティアバスに乗ったことですかね。被災地でたくさんのお花が贈られたり、手向けられたりする場面に居合わせて、花屋になろうって心を決めたんですよね」

優彩は相槌を打ちながら肯く。

「お花って、お祝いの場だけじゃなく、人を慰《なぐさ》めたり弔《とむら》ったりもしますもんね」

「そうなんですよ。だから、はじめは葬儀用専門の花屋に就職して、人脈を築きました。今はブライダルや贈り物の花の注文も積極的に受けていますが、なんといってもメインはお葬式ですよね」

「その方が、需要もありますか？」

「それもありますし、僕自身、お供えや見舞いの花の方が好きなんです」

「お祝いよりも、ですか？」

花田は肯いた。

「人は大昔から、花を神聖なものとして扱ってきたそうです。死者に花を手向ける風習は世界中にありますし、その起源をたどると、ネアンデルタール人の骨とともに花粉が数種類出土した例もあります。つらいときや悲しいときほど、花が心を癒してくれるという証明でもあります」

花屋としての花田の信念に触れた気がして、自分も花田のように、確固たるものを持って仕事がしたい、と優彩は思いを新たにした。とたんに今の旅行会社の仕事が、唯一無二の大切な役割に思えてくる。

旅行という、日常の小休止を提供して、誰かの力になれること。人生の一場面に立ち合えること。それが優彩のやりがいであり、梅村トラベルの魅力だった。

お祝いよりも、慰めとしての花が好きだという花田のように、優彩もまた、賑やかで慌ただしい旅より、普段の自分を省みることのできる静かでじっくりした旅の方が好きだった。

アートの旅というのも、後者に属するのではないか。

答えを急がず、何年も経って振り返って、やっと価値がわかることもある。

そう思ったとたん、心にかかっていた靄が、急速に晴れた気がした。

私も仕事を通じて、成長させてもらっているんだ。たとえ今すぐできなくてもいい。十年後、二十年後に、できるようになっていれば、それでいいことだってある。そのために今は焦らず、いろんな人と出会い、話に耳を傾けよう。

＊

中庭に出た花田は、今までになく強い既視感を憶えた。

そうそう、こんな場所だったよな——。

日に照らされた芝生、和洋折衷《わようせっちゅう》の建物、点在する野外彫刻、吹き抜ける風。それらが柳橋との思い出を、みずみずしくよみがえらせる。

とはいえ、昔とは違う点もあった。たとえば、工芸・東洋館の入口脇にある池は、見覚えがなかった。

「この池に植えられている睡蓮は、二〇〇〇年にモネの庭から株分けされたそうですね。大原美術館が所蔵する《睡蓮》は、児島虎次郎がモネ本人から購入したので、ご縁がつづいているようです」

桐子から聞いて、花田は納得する。

「僕たちが来た頃には、まだ植えられていなかったわけだ。二十年でこんなにも育つものなんですね」

はじめは四株だったという、遠くジヴェルニーから倉敷にやってきた睡蓮は、何度も株分けをされて、今では池の全面を覆いつくすまでに増えている。

「気候も合うんでしょうが、手入れする方々の真心を感じますね」と、桐子は肯いた。

「だから大原美術館とモネの絆をたたえているみたいです」

「志比さんは、モネの庭に行かれたことはありますか？」

「ええ。オランジュリー美術館の《睡蓮》も見にいきましたよ」

「羨ましい。どんなところでした？」

少し考えてから、桐子は「モネの庭を見たせいかもしれませんが、オランジュリー美術館の《睡蓮》は、モネの庭の延長にある感じがしました」と答える。

「つながっている、ということですか？」

桐子は肯いて、細やかでわかりやすい説明を加える。

オランジュリー美術館は、セーヌ川の岸に沿って東西の横長に建てられ、二つの展示室が西から東に向かってつながっている。そうした東西を意識した設計は、モネの「水の庭」から着想を得ているという。

モネは、朝晩という時間の動きを、展示室の東西南北に重ね合わせた。第一室と第二室ともに、東面の作品で一日がはじまり、西面の作品で一日が終わるという構成になっている。二十四時間の自転周期を、二つの部屋を行き来しながら、くり返すような仕掛けなのだ。

「おかげで見る者は、自然の営みが絶えず変化しながら永遠につづくことを、その場に立つだけで感じとれるんです。それは日本人にも馴染み深い諸行無常の考え方にも通じます」と、桐子は結論づけた。

「へぇ、ますます行ってみたくなりますね」

「ぜひジヴェルニーの庭と合わせて、足を運んでみてください」

桐子のほほ笑みに肯き、花田はしみじみと言う。

「そうやって考えると、モネの《睡蓮》って、当然ながら、ただきれいで明るいだけの絵じゃないんですね」

「明るいだけじゃなく、じつは暗い部分もある。とても示唆《しさ》に富む作品ですよね」

「暗い部分か」と、花田は少し考えてから「たしかに、睡蓮の花言葉って『滅亡』や『終わった恋』なので、終わりや死も連想させるんですよね」

「そうなんですか？　知りませんでした」と目を丸くする桐子に、花田は「花屋なので、花言葉には詳しいんです」と頭に手をやってつづける。

「睡蓮は『信頼』や『清らかな心』といった前向きな花言葉もあるんですけどね。でも仏教と結びつきが強い花なので、葬儀で飾ってほしいという人も多いんです。泥のなかでこそ美しく生きる睡蓮は、極楽浄土、つまり死後の世界に咲く花として考えられてもいます」

「たしかに西洋美術史でも、睡蓮は死の象徴です。たとえば、恋に破れた精霊が身投げした川に、その死のあとで睡蓮の花が咲いた、というギリシャ神話もあります。だからこれは私の持論ですが、モネが睡蓮を描くことにこだわったのも、モネ自身の挫折《ざせつ》と無関係じゃないと思うんですよね」

「え？　それは意外ですね。モネといえば、ゴッホと違って生前から売れていたと聞いたし、好きな場所に暮らして長生きして庭いじりをつづけたなんて、不幸の影などないように思えますが……」

花田は詳しく話を聞きたくなった。

「そういう見方もできます。ただ、実際は、《睡蓮》の連作に取り組んでいた時期、モネは個人的な死や、社会的な死とつねに隣り合わせでした。個人的な死というのは、同じ印象派の画家として盟友だったドガやルノワールの他、二度目の妻アリス。さらに長男ジャンまで亡くなってしまいました」

「そうでしたか……大切な友人や家族が、つぎつぎに」

「はい。しかも、第一次世界大戦まで勃発し、多くの市民が犠牲になっていた時代です」

「それが、社会的な死」

桐子は肯いた。

「あとは、モネ自身にも、死の影がつきまといました。晩年のモネは、白内障《はくないしょう》で目が見えづらくなっていました。他にもリウマチなどの病気を患《わずら》っていたので、決して幸せなだけじゃない晩年だったと言えます」

「それでも、なぜモネは描きつづけられたんでしょう？」

池に青々とした葉を浮かべる睡蓮を眺めながら、花田は訊ねた。

「執念、というべきでしょうか。そもそもモネの画家人生は順風満帆ではなく、若い頃はサロンに落ちつづけ、虚しさを味わっていた。当時は、画家として認められるにはサロンしかないという状況だったので、その悔しさは相当だったと思います」

桐子いわく、モネには《庭の女たち》という一八六七年のサロンで審査員に酷評された絵があるという。

　当時、見えるままの自然情景を描いたり、戸外で制作したりするのは非常識で、馬鹿にされる行為だった。それでも、モネは《庭の女たち》を描くために、庭の花壇に穴を掘らせ、滑車を使って巨大なカンヴァスを下ろした。絵画と同じ目線を再現するための、型破りな方法だった。

「やがて、最初は馬鹿にしていた他の画家たちも、外光の下で描く絵画の素晴らしさに気がつくようになります。だから《庭の女たち》も、ルーヴル美術館所蔵を経て、今はオルセー美術館で大切に管理されています」

「モネは正しかったわけだ」

「それを世間に認めさせるには相当な時間がかかりましたが、不屈の努力と、ともに戦う仲間がいたからこそ、頑張れたのかもしれません」

「友だちのおかげだったわけですね」

「そうなんです。モネは、ルノワールやドガとカンヴァスを並べました。とくにルノワールとは同じ風景を作品にして、アトリエを行き来し、お互いの姿を肖像画として何枚も描きました。そんな友情があったおかげで、大切な人を喪い、健康を害しても、素晴らしい仕事をつづけられたんではないでしょうか」

　一瞬、花田の脳裏に、柳橋のことが浮かんだ。

そして、ある記憶がよみがえった。

柳橋とここを訪れ、ゆっくり語りあったときだ。

——モネってよくわからないんだよな。何度か他の美術館でも見たけど、いまいち摑《つか》めない。

たしかに柳橋は、そう言ったはずだ。

有名な絵の実物を一目見られた、という短絡的な理由だけで、純粋に心動かされていた花田は、水をさされた気になった。でもそれ以上に、柳橋がわからないと言ったことに驚かされた。

——柳橋先生でも、わからないことってあるんだ？

冗談のつもりだったが、柳橋は珍しく素直に受け取った。

——だからこそ、興味がわくのかもしれない。決めたよ。俺、年をとってから、また《睡蓮》を見たい。未来の自分が、モネを見て、どう感じるのかを確かめるために。できれば、大切な人とがいいな。

——大切な人って、彼女？

——ほんと、おまえは単細胞だな。

柳橋は笑った。

本当はあのときすでに、彼はもう一度、《睡蓮》を見るつもりだったのだ。

でも今、彼はここにはおらず、なぜか代わりに、単細胞な自分が来ている。しかも彼とはもう、友だちと呼び合えるかもわからないのに。自分はなにをしていたんだ、と激しい後悔に襲われた。


「大丈夫ですか?」

しばらく頭を抱えていた花田は、桐子に声をかけられる。

「柳橋と疎遠になったのは、二十五歳のときでした」

桐子も、となりにいる優彩も、神妙な顔になっている。

空気が変わったことに、二人とも気がついている様子だった。

「僕は、もともと人当たりはいいんですけど、肝心なところで才能がないというか、要領が悪いというか、自信のない人間でした。スポーツも勉強も仕事も、ある程度のところまではできるんです。でも人並み外れたところには行けない。平凡だからこそ、昔から柳橋のことを『羨ましい』と感じていました。とくにそれが強くなったのは、社会人になってからです」

これまで誰にも打ち明けなかった話だった。

「若気の至りで、人と違うことがしたいと思ったことはありませんか? 二十代の僕は、まさにそうでした。自分は凡人なんだと割り切れず、その一方で、勇気もないからそこまで大胆なこともできない。だから就職はせず、フリーランスのような形式で、地元の野菜農家とのつながりで卸しを手伝ったりしていました。ただ、収入は不安定で、焦りばかりが募っていた。柳橋と飲みに行ったのは、そんなときです」

居酒屋の騒がしく、けむたい雰囲気がよみがえる。

「その頃、柳橋は大企業に勤めていました。誰もが知るような、立派な会社です。そんな柳橋から、フリーでやっていることを揶揄《やゆ》する言葉をかけられたんです。今の僕だったら、なんとも思わないような軽口です。でも以前からの『羨ましい』という感情と合わさって、無性に腹が立ちました」

その先を口に出すのが、つらかった。花田は桐子たちの方を見られないまま、一思いに告白する。

「だから、僕は彼がトイレに行っているあいだに、彼の通勤鞄のファイルから紙を一枚黙って抜きだしました」

優彩が小さく「えっ」と声に出すのが聞こえた。

「なんの書類かはどうでもよかった。そう。ただ、ちょっとした嫌がらせがしたかっただけだから。ほんと、最低でした。というか、犯罪ですよね。それは重々わかっています。でも、そのときは身体が、手が勝手に動いてしまった」

「……それで？」と、優彩が訊ねる。

「すぐに返さなくちゃ、と猛烈に後悔しました。でもタイミング悪く、柳橋が戻ってきてしまった。だから、僕はその書類を背中のうしろに隠しました。それから先のことは憶えていません。たぶんその場も、すぐにお開きになりました。なんの書類かを確認したのは、帰宅後です。契約書の一部でした。思った以上に重要な書類だったので、呆然《ぼうぜん》としました」

「そのあと返したんですか？」

花田は首を左右に振った。

一ヵ月後、気まずくて連絡をとっていなかった柳橋から、会社を辞めた、と唐突に知らされた。衝撃だった。柳橋が書類を紛失したせいで解雇されたのかどうかは、今はもう知る由《よし》もない。

そもそも「辞めた」と聞かされただけで、「クビになった」とは限らない。しかし花田はずっと、友人から職を奪ったという罪悪感とともに生きてきた。被災地のボランティア活動に出かけたのも、少しでも罪を償いたかったからだ。

「本当に申し訳ないことをしたと思っています。一刻も早く返せばよかった、いや、盗まなきゃよかった」

午後の光に照らされた大原美術館の中庭は、三十余年前と変わらず穏やかに輝いていた。

＊

花田よりも一足早く、優彩は桐子と帰路についた。

岡山空港の待ち合いで、大原美術館で買ったカタログのページをめくる。展示室ではそこまで深く思いを巡らせられていなかった作品でも、解説文を読むことで、また違った印象を受ける。優彩はこの仕事を始めてから、必ずカタログを買うようにしていた。

「桐子さん。このゴーギャンって、私、どっかで見たような気がするんだけど」

優彩が指したのは、《かぐわしき大地》という絵だった。

「ああ、ポーラ美術館にあった《異国のエヴァ》だね。類似作品として有名だよ。よく憶えてるね」

「いや、たまたま。というか、桐子さんこそ、すぐに題名が出てくるってすごい」

花田にとって柳橋が特別な存在なのだとしたら、自分にとっての桐子がそうだと優彩は確信した。

「あの二人、友情をとり戻せるといいね」と、優彩はカタログを閉じて伸びをする。

「ほんとにね」

しばらく考え込むように黙っていた桐子が、「じつはさ」と切りだす。

「今日展示室で、花田さんにひどいことを言った柳橋さんの気持ちが、私もわからなくもないって言ったじゃない？　自分にも他人にも厳しくなるのは、私にも身に憶えがあるんだよね。こうしなきゃいけない、こうあるべきだって、本当は思っちゃいけないのに、つい押し付けてしまう」

いつになく桐子のトーンが暗くて、優彩はすぐに返事できない。

「でも優彩ちゃんと一緒にいると、そんな自分を忘れて、おおらかな気持ちになれる。優彩ちゃんって、前から言おうと思ってたけど、相手を自然体でいさせる力があるから。いつも助かってるよ」

嬉しい一方で、桐子が少し弱っているように感じた。

「いやいや、いつも助けられてるのは、こっちの方なのに」

両手を振ってから、優彩は「ひとつ、訊いてもいい？」と質問する。

「うん？」

「桐子さん、最近早めに帰ることが多かったじゃない？　ゆっくりランチとかする余裕もなさそうだったから、勝手に心配してたんだ。大丈夫かなって」

「ああ……今、夫との関係がうまくいってなくて。今に限ったことじゃないんだけどね。どうしてもつらくなったら、話を聞いてくれる？」

多くを語らない桐子らしいが、悩んでいるのは十分に伝わる。

優彩は無性にもどかしくなった。

「桐子さんはさ、今言ったみたいに、厳しい面もあるかもしれない。でも、他人が桐子さんに反発するときがあるなら、その人は根本的に、桐子さんが羨ましいからだよ。だから、反発せずにはいられないんだと思う。桐子さんの言うことは、たいてい正しいもん」

桐子の夫もそうなんじゃないか――。

なにも知らないが、優彩はそんな気がしてならなかった。

「ありがとう」と、桐子がぎこちなく笑うのを見て、優彩は息子の昴のことを思い出した。昴は今ちゃんと笑えているだろうか。

飛行機の発着アナウンスが流れた。長い旅だったように感じた。

＊

旅行会社の二人と別れたあと、倉敷での一人旅は上の空だったが、おかげで花田の心は決まった。花田は帰宅すると、家族と話すよりも前に、旅行会社から教わった柳橋の番号に電話をかけた。

「もしもし、花田です」

「久しぶりだね。電話してくれてありがとう」

罪悪感に押しつぶされそうだったが、久しぶりに柳橋の声を聞けたという嬉しさの方が勝った。

「いや、お礼を言わなくちゃいけないのは、こっちの方だよ」

旅の感想を伝えるよりも先に、涙が込みあげてくる。「本当に、ごめん……ずっと謝ろうと思っていたんだ。謝らなくちゃいけないって。でも勇気が出なかった。それも含めて、心から申し訳なかった」

「いいんだよ。今回わがままに付き合ってくれたんだから」

「違うよ、柳橋。僕は君の人生をぶち壊しにした。君は知らないかもしれないけど」

「書類のことだろ」

柳橋は穏やかな声で、こうつづけた。

「知ってたよ」

花田は言葉を失う。

「居酒屋でトイレから戻ろうとしたら、君が俺の鞄から書類を抜きとるところが見えた。咄嗟に返せって詰め寄るべきかと迷ったけど、俺も勇気が出なかった。大切な友人を失いたくなかったから。でも結果的に、その行動が君を遠ざけたわけで、すまなかった」

「違う！　悪いのは、謝るべきなのは、こっちの方だって！　柳橋は悪くないだろ？　こっちが一方的に、君のことを嫉妬していた。風の便りに、君が大成功しているとか、自分とは縁のない金額を稼いでいるとか聞くたびに、ネガティブな感情が芽生えた。自分はこんなに過去にこだわって、いまだに苦しんでるのにって……自業自得なのに、自分を棚に上げて。卑屈だよな」

声が詰まるが、柳橋は「そんなことはない」と答えた。

「俺は今、君に感謝してるくらいだ。君が書類を盗んでいなければ、今、こうして投資で成功した未来もなかったからね。もしかすると今も、体質に合わない保守的な組織で、辞めるという決心もつかずに毎日を浪費していたかもしれない。書類の一件が起こる前から、会社を辞めようかと考えていたから」

「じゃあ、自分から会社を辞めたのか？」

「そうだよ」

柳橋は旧友のために、嘘をついている可能性もあった。それもまた、柳橋らしく潔い言動である。結局のところ、自分は今も、この友人に敵《かな》わないままだ。

最後に、花田は何度考えてもわからなかったことを訊ねた。

「どうして今になって、連絡をしてくれたんだ？　その、なにか心境の変化でもあったのかな」

「じつは、病気が見つかってね」

「病気？」と、花田はスマホを握りしめる。

「すい臓がん。ステージ4で、余命宣告もされてる」

花田はうまく状況を呑《の》みこめなかった。

つぎの週末に早速見舞いに行く約束をして、通話を切ってから、しばらく呆然とした。悲しくて悔しくて自分に腹が立った。気がつくと、大声で泣いていた。こんなふうに自分の人間関係のことで涙を流したのは、何年ぶりかわからなかった。

すべては自分が招いた事態だった。柳橋の才能や自信に、くだらない嫉妬心を燃やしたせいだった。あのとき書類を盗んでいなければ、友情も壊れなかったし、柳橋はきっと自分の人生にも彩《いろど》りを与えてくれただろう。

せっかく友情を取り戻せたと思ったのに、信じたくなかった。

一瞬、今こうして柳橋が、病で自由を奪われているのも、自分の責任のような錯覚をおぼえる。

花田は目を閉じた。

自分にできることはなにか、と自問する。ひとつだけ、あった。

花田はすぐに柳橋にもう一度、電話をかけた。

「たびたびごめん。じつはさ、大原美術館で昔の会話を思い出したんだ。柳橋はまたモネを見にいきたいって言ってたよ。今はよくわからないからって。そのとき、大切な人と行きたいって話してた。僕が『彼女？』って茶化《ちゃか》したら、君は笑ってたよ」

花田は話しながら泣いていた。

やや沈黙があってから、「そうか」と、柳橋が声を張った。

「どうした？」と、驚きで涙まで止まる。

「ありがとう。やっぱり、花田に頼んでよかったよ」

「え？　わけがわからんのだが」

「じつはもう一ヵ所、候補地が残っているんだ。そこは妻に、旅してもらおうと思っていたんだけど、俺の予想は間違ってなかった」

「候補地って？　奥さんはどこに行くんだ？」

「アサヒグループ大山崎山荘美術館」

「ビールが飲みたくなる名前だな」

素直に言うと、柳橋は大きな声を上げて笑った。

「そういうところは変わらないね」

「ごめん」

「褒め言葉だよ」

昔みたいに冗談を言い合えた気がして、花田は嬉しかった。

「京都と大阪の県境にある美術館なんだけど、モネのコレクションが素晴らしくてね。なんといっても、作品だけじゃなくて、庭も建物も最高にいいんだ。本当は、そこが本命だったんだけど、モネの《睡蓮》を誰かと一緒に見ている夢を見て、わからなくなっていたんだ。大山崎には一人で行ったことしかなかったから。でも今の話を聞いて、確信したよ。大山崎に違いないって」

「でも誰かと一緒に行った記憶があるってことじゃないのか？」

「違うんだ。一緒に見た人がいるんじゃなくて、一緒に見たい人がいる《睡蓮》が正解だったんだ」

ついに答えがわかったことを喜びつつ、花田はひそかに切なくなった。

近い将来、夫に先立たれてしまう妻は、モネの《睡蓮》を見て、なにを思うのだろう。そして、妻を遺《のこ》してしまうことに、柳橋はどれほどの悲しみを抱いているのか。なぜなら、柳橋の愛読書だった『智恵子抄』も、病弱な妻への想いにあふれた詩集だったからだ。

第四章 アサヒグループ大山崎山荘美術館、京都

「愛する人の睡蓮」

雨の日の東京駅八重洲口は、湿度と熱気で、いっそう混んでいるように思えた。

優彩は待ち合わせ時刻である午前八時の、十分前に桐子と合流し、東海道新幹線の改札口前に立った。

約束の数分前に現れた柳橋咲子は、どこか緊張した面持ちだった。ふり返れば、優彩にとって柳橋家以外の場所で咲子と会うのははじめてである。

「私までお二人に旅をアテンドしていただくなんて、不思議ですね」

「これまで通り、咲子さん、とお呼びしても？」と、桐子が笑顔で訊ねる。

「どうぞ」

日帰りとはいえ、咲子はトートバッグひとつという無駄のない身軽さだった。

「旅行はよくなさるんですか？」

新幹線のホームでつぎの〈のぞみ〉号の準備が終わるのを待ちながら、優彩が何気なく訊ねると、「最近は滅多に外出しませんが、じつはこう見えて元ＣＡなんですよ、私」と、咲子は控えめに答えた。

「そうだったんですね。日本の航空会社ですか？」と、優彩は興味を引かれる。

「ええ、国際線でしたけど。長時間のフライトや時差もあって大変でしたが、やりがいのある楽しい仕事だったので、今でもたまになつかしく思い出します。もし結婚を機に辞めていなかったら、また別の人生があったでしょうね」

咲子は話してくれたが、すぐに誤魔化すように笑った。

「すみません、なんだか今日は、夫を家に残して出てきてしまっていいのかって、ちょっと落ち着かないんです。一応、夜間対応もできるヘルパーさんに任せてはきたんですけど」と言った先から、咲子はスマホを気にしている。

「心配なさるお気持ちはわかりますが、これは柳橋さまのご希望でもあるので、ぜひ一日楽しんでください」

しかし桐子が力強く伝えても、咲子は心ここにあらずという表情のままだった。


京都駅のホームに降り立つと、さまざまな言語が耳に飛びこんできた。

大きなスーツケースを押す観光客とぶつからないように気をつけながら、土産屋の煌《きら》びやかなショーウィンドウを横目に、JR京都線への乗り換え口へと向かう。ホームでは新快速に乗るための長蛇《ちょうだ》の列ができていたが、各駅停車の普通電車は案外、乗りこむ人は少なくロングシートも空いていた。

横並びになる形で、優彩、桐子、咲子という順番に腰を下ろす。

桐子ははじめのうち、咲子が日常から離れられるようにと思ってか、他愛のない世間話を振っていたが、どれも咲子の反応は鈍く、むしろ咲子は柳橋のことを話したいのかもしれなかった。さりげなく桐子と肯きあってから「柳橋さまのご容態はその後いかがですか？」と優彩は訊ねた。

「ここ数日は落ち着いています」

「咲子さんを、なんとしてでも旅行に行かせたかったのかもしれませんね」

咲子は苦笑した。

「でも私には、よくわからないんです。夫がどうしてそこまで、他人に旅を贈りたがったのか……私としては、もっと他のことに集中してほしかったのに」

「他のこと、というのは？」と、桐子。

「自分の身体のことです。以前の夫は、逆に、自分のことしか目に入っていないような人だったのに」

窓の外では、灰色に濡れた住宅街が流れていく。

以前の夫というのが、いつの時点を指すのかが気になって、優彩は訊ねた。

「お二人は、どこで出会ったんですか？」

「CA時代に、フライトで知り合いました。私は二十代後半で、グアム行きの便でビジネスクラスを担当していました。そこにたまたま同乗したのが夫です。そのあと滞在しているホテルでばったり再会しました。すれ違ったときに、『今日のフライトアテンダントさんですよね』って声をかけられたんです。こちらは正直、言われるまで気がつかなかったから驚きでした」

「へぇ、フライトアテンダント、ですか」と、優彩は思わず復唱する。

二人の年齢からして、まだまだ「スチュワーデス」という言葉が一般的だった時代のはずだ。しかも「キャビンアテンダント」や「CA」でもない。

「その呼び方、印象に残るでしょう？　私もね、それがきっかけで惹かれたんです。英語ではフライトアテンダントで正解だから、それなりに国際的な感覚がありそうだったし、それ以上に、自分の言葉を持っている人に思えたんです」

ややあって、今度は桐子が訊ねる。

「お客さんと同じホテルに滞在するって、よくあるんですか？」

「たまにありますよ。小さな都市ほど、空港の近くのホテルは限られていますからね。でも夫の場合は、それから何度かホテル内で遭遇することがあって。そこまで偶然出くわすなんてないので、私も意識せずにはいられませんでした。しかも、帰りの便が翌日の早朝だと知ると、夫はまだ辺りも暗いうちに見送りにまで来てくれたんです」

「わー、ドラマみたい」と、優彩は手を合わせた。

「そうかも」と、咲子はほほ笑んだ。あまり見せなかった打ち解けた表情だった。「あの頃は私も夫も若くて、紆余曲折《うよきょくせつ》ありながら人生を謳歌していました。二人でデートをするときも、夫はなかば強引に、空港まで迎えにきてくれたこともありました。今ふり返れば、別人の記憶みたいですね」

そんなことはない、と優彩は否定するべきかを迷った。でも二人が直面している困難を想像すると、簡単には口に出せない。結婚した経験もなく、今は彼氏だっていない自分に、咲子のなにがわかるというのだろう。そんな優彩の代わりに、桐子が冷静に答えてくれる。

「過去の自分が別人のように思えることって、ありますよね」

優彩は肯き、咲子も「本当に」と呟いた。

普通電車は何駅か停車しながら住宅街を進み、桂川《かつらがわ》にかかった大きな橋を渡る。この桂川が、宇治川《うじがわ》と木津川《きづがわ》に合流するところに、大山崎があるのだと桐子は説明した。川の流れはゆったりとして、遠くの街並みまで見渡せる。でも人生はままならないことばかりだ。

「ずいぶんと前から、夫は私に、本心を見せてくれないんです」

その一言を聞いたとき、優彩はあの庭を思い出した。

いつ訪れても、完璧に片付いてモデルハウスのようにきれいだった家や、あちこちに飾られた新鮮な切り花とは裏腹に、庭は置き去りにされていた。咲子の方も、あえて庭に手を入れなかったのかもしれない。だから夫婦のあいだでも、大切なところが放置されているような印象があった。

「夫は私についてなにか言っていませんでしたか？」

優彩は、桐子と顔を見合わせる。

「いえ、とくには」

桐子はそう答えたが、じつは優彩は、一度だけ柳橋から聞いたことがあった。

――たぶん妻は、私が死ぬことを受け入れられていないんです。

たまたま二人きりになったタイミングで、他愛のない話の流れだった。

そのあと優彩なりに、配偶者が末期がんになった事例を、心理学的な視点でまとめた本を図書館で借り、ネット記事も探して調べてみた。

すると、妻や夫を喪った多くの人が、心残りを抱えていることを知った。たとえば、もっと話をする時間がほしかったとか、お別れの言葉を口に出せず向こうからも聞けないままだったとか。お互いの本心に向きあえずに死別するケースが、とても多いことに衝撃を受けた。

柳橋夫妻もまた、きちんと対話できずにいるのかもしれない。

「たぶん夫も、私に気を遣っていると思います。残された時間は少ないし、夫にはなるべく穏やかな日々を過ごしてほしい。それなのに、それを一番サポートしなきゃいけない妻の私が穏やかじゃないなんて、ほんと、情けないです」

咲子はさりげなく涙を拭った。

たしかに邸宅で顔を合わせても、咲子はただ会釈《えしやく》するだけで、ほとんど同席せず口数も少なかった。

ようやく日常から離れた今、恐怖や不安で身動きがとれなくなっている状況を、誰かに打ち明けずにはいられなかったのかもしれない。

――大山崎山荘美術館にこそ、私が妻と見たかったモネの《睡蓮》があります。だから妻のことをよろしくお願いします。

優彩は柳橋から、同じときにそう言われてもいた。

こぢんまりとしたレトロで可愛い駅舎の山崎《やまざき》駅は、緑豊かな山を背負っていた。見上げると、山頂の方は白い霧に包まれている。

ロータリーになった目の前の通りには喫茶店や、寺院へとつづく階段がある他、アサヒグループ大山崎山荘美術館へと送迎してくれるシャトルバスの乗り場があった。雨の平日にもかかわらず、バス停には列ができている。

「小さい美術館ながら、人気があるみたいですね」

「ほんとに」と、咲子は肯く。

やがてシャトルバスが現れて、順番に乗りこんでいくと、ほぼ満席になった。発車したバスは、緑に囲まれた左右に曲がりくねる細い坂道を、どんどん上っていく。地図アプリでは徒歩十分と表示されていたが、今日のような雨の日は、足を滑らせそうな勾配だった。

「これだけ上れば、見晴らしがよさそうですね」と、優彩は高揚する。

「そうですね。さきほど言った通り、この辺りは主要な三川《さんせん》が合流して、淀川《よどがわ》になるところなんです。だから古くから交通の要衝でもあって、男山《おとこやま》から連なる奈良の山々も見えるみたいですね」と、桐子が笑顔で答えた。

「ただ今日は生憎《あいにく》の天気で、見えなそうね」

咲子は傘の柄《え》を握りながら、旅を純粋に楽しめない、自分の心模様を嘆くように呟いた。

＊

余命宣告を受けた、と夫から打ち明けられたとき、咲子は泣いた。

到底、耐えられないと思ったが、夫のために前を向こうと、必死に言葉を探した。

――でも希望はあるんだし。私も一生懸命に勉強して、一緒に頑張るから。

――いや、治療をするつもりはないよ。

あっさりとそう告げられ、目の前が真っ暗になった。

――なんで？　あなた、自分の言っていることの意味、わかってる？

すると、夫はじつに論理的に、いつもの明快な口調で説明をはじめた。

今回のケースでは、抗がん剤をやっても効果があるのは五人に一人であり、たとえ効果があっても転移したり再発したりする場合がほとんどで、副作用で想像を絶する苦痛もあるという。セカンドオピニオンももうもらったらしい。

咲子がなにかを提案するより早く、夫は結論づけた。

――苦しむなら、いっそ早く死んだ方がいい。

――そんなこと、絶対に言わないで！　死にたいなんて！

混乱する咲子に、夫は冷静なまま言い放った。

――でも、自分で自分の死に方を決められないのは、あまりに不幸だよ。

咲子は言葉を失った。

夫は淡々と、今後どうしたいかを述べた。咲子には、普段通りにしてほしい、生け花の集まりに参加したり、友だちと外出したりするのは、絶対にやめてほしくない、と告げた。咲子はいっそ、俺の面倒をずっと見てほしい、と言われた方が気楽だった。

――本当に、それでいいの？

強がりじゃないのか。あるいは、介護をする立場になる妻に気を遣って、本心を隠しているだけかもしれない。どうかそうであってほしかった。

しかし、夫は肯いた。

――効果のない治療はしたくない。

そこまできっぱりと延命治療を断られると、ふたたび踏み込んだ話し合いはしづらくなった。

それに、〝効果のない治療〟という最後の言葉が、咲子の心に刺さったままだ。

夫婦には、長らく不妊治療をしていた過去がある。

夫はともかく、咲子は結婚して仕事を辞めたことへのほのかな後悔と、忙しい夫の帰りを待つ寂しさから、子どもが欲しいと強く望んだ。しかし経済的な余裕がある分、高額な治療を打ち切る決断ができず、治療期間は長く苦しいものになった。

当時の夫は背中を押してくれたが、じつは不妊治療も全部ムダだったと今は思っているのか。そんな疑念が頭から離れなくなり、なおのこと訊けなくなった。

「着きましたね」

声をかけられ、咲子はわれに返る。優彩に笑顔で見つめられていた。

「滑りやすいので、気をつけてください」

「ありがとう」

優彩は知り合ったときから、不思議とこちらも心を開きたくなるような、やわらかい雰囲気があった。一方、同行している桐子は仕事ができて気遣いもあり、先回りしてこちらの希望を汲んでくれるから助かった。いいコンビだ。

シャトルバスを降りると、雨と土の香りに癒された。

そこは山の中腹だった。美術館へとつづく小道を進むと、やがて無数の岩にはさまれた細い通路になる。その先に現れた石造りのトンネルは、車がギリギリ通れないくらいの狭さで、上部になにやら漢字を刻んだ銅板がついている。

「趣のあるトンネルですね」と、咲子は呟く。

「琅玕洞《ろうかんどう》といいます。国の有形文化財として登録されていますが、じつは大山崎山荘の敷地内には、本館である霽景楼《せいけいろう》など、六つの建物が有形文化財になっているんです」

「へぇ、どちらも詩的なネーミング」

桐子は事前に、どれほど予習をしてくるのだろう、とふと思う。

「この別荘をつくった加賀正太郎《かがしょうたろう》のセンスを感じますよね。ちなみに〝琅玕《ろうかん》〟というのは硬玉の一種で、暗緑色または青色の半透明の美石を指します。翡翠《ひすい》なんかがそうです。また美しい竹、を意味する言葉でもあります」

「ぴったりな名前ですね」

咲子はしみじみと肯き、トンネルを眺める。趣があるトンネルの上に、自由に生い茂る植物たち。鮮やかでありながら、どこか仄暗《ほのぐら》い新緑をくぐり抜ける。もし宝石のなかに入りこめたら、こんな気分になるのだろうか。

「余談ですが、加賀正太郎は一九一五年に、建設中だったこの山荘に夏目《なつめ》漱石《そうせき》を招待して、命名を依頼しました。漱石は『水明荘』『冷々荘』『竹外荘』など、十を超える候補案を手紙で書き送ったそうですが、加賀はすべて採用せず、大山崎山荘と自ら名付けたとか。文豪《ぶんごう》に名付け親になってほしいと頼んだくせにその案を無視するなんて、加賀の立場がいかに強く、どれほど完璧主義だったかが窺い知れますよね」

「漱石にそんな強気に出るなんて、加賀さんの度胸もすごいですね」と、優彩。

「本当に。でも、自ら何十年もかけて山を切り拓き、道を整備して、建物から庭の植樹に至るまですべて設計したわけですから、この山荘の名前は、そう簡単には決められなかったんでしょうね」

咲子はトンネルを抜けてから、ふり返り、驚きのあまり「あ」と声をあげた。

「全然違う」

さきほどくぐったときの風景とは、まったく異なっていた。入口では、白い石灰岩が整然と組み合わされ、道をはさむ岩も背が高くて苔《こけ》むしていたのに対し、出口では、レンガ造りで周囲の岩も小粒だ。

まるで人生みたいだ。時が過ぎれば、もう元の景色は見られない。当たり前だが、自分と相手、もしくは、こちら側とあちら側の人とでは、ものの見え方は全然違う。トンネルの仕掛けに感心しながら、咲子は加賀正太郎という人物に興味を抱いた。

「加賀さんって、アサヒグループの創業者ですか？」

傘をさして歩きながら、咲子は桐子の話をもっと聞きたい、この場所をもっと知りたいとわくわくしている自分を、少し意外に思った。

「いいえ。加賀は、関西の有能な実業家で、ニッカウヰスキーの創業に関わった人物として知られます。日本人ではじめてユングフラウ登頂を果たした登山家としての一面や、この山荘では蘭《らん》の栽培を手がけていたりと、趣味人でもありました」

「蘭の愛好家ということ？」

「その通りです。まさに、咲子さんとの共通点ですね」

咲子自身も花が好きで、気がつけば三十年以上、生け花に情熱を傾けてきた。今では趣味というよりも、ライフワークと呼んだ方がふさわしい。

ふり返れば、夫との関係や不妊治療で悩んだとき、フラストレーションをそこにぶつけていた。

そして、あえて庭には手をつけず、家のなかだけ花を飾ることで、腹いせをしていた面もある。夫が庭に対して並々ならぬ情熱を注いでいたのが、そもそも面白くなかった。だから庭に手をつけずに、あえて花だけ飾ることで自分の存在を主張した。結局、花は自分にとってなんだったのかという虚しさもあるが、花がなければ自分の人生はもっと惨めだったろう。

「今日は館内で、加賀が刊行した『蘭花譜《らんかふ》』も展示されているそうですから、ぜひ見学していきましょう」

「らんかふ？」

いったいどんな出会いがあるのだろう。それまで一歩ずつ慎重に踏みしめていた足取りまで、心なしか軽くなった。

敷地内の庭園には、さまざまな植栽が見事に配置されていた。今の季節ならではの、カキツバタやアジサイ。敷地内には池もあり、水面には赤や白の睡蓮が、カンヴァスで精彩を放つ絵具のようだった。

雨が生みだす波紋を見つめていると、モネの《睡蓮》の筆致がつねに揺らぎ、ぬり跡が残されていたのは、水の流れを巧みに表すためだと気がつく。絵を前にせずして、新しい発見を得られたことに、咲子は小さな感動をおぼえた。

「睡蓮の花が見られて、よかった」

「ええ。じつは、ちょうど咲きはじめる今の時期に、この旅を計画してほしいと、柳橋さまから言われていたんです」

夫らしい計らいだが、咲子は寂しさがつのる。ここに夫はいないからだ。本当はあの人と、ここに来たかった。静かな雨の音に包まれていると、おのずと本心に耳を傾けることができた。


坂道の先に、赤い瓦屋根の塀に区切られて、本館の敷地が現れた。

茶色い砂利道を進んでいくと、レトロで異国情緒に溢れる洋館が佇《たたず》んでいた。

「これが、さっきおっしゃっていた本館の……」

「霽景楼《せいけいろう》ですね」と、桐子が引きとって答えた。

「それ、どういう意味なんですか？」

「平安京大内裏《だいだいり》にあった、宴《うたげ》を行なう施設の名前だそうです。加賀は宴好きだったそうですから、引用したのかもしれません」

一世紀あまり前に、この小さな洋館に高貴な人々が集まっていた場面を、咲子はひそかに想像した。加賀に招かれた客たちは、当時は珍しかった洋館の瀟洒《しょうしゃ》な外観に息を呑み、心を弾ませたに違いない。

「夫から、ここの建物は面白いと聞いていたんですが、どういうところに注目すればいいでしょうか？」

気づけば、積極的に質問を重ねる自分がいた。知的好奇心は心の栄養にもなるらしい。

「まずは、外観をご覧ください。木と煉瓦が両方使われていますよね？　これはヨーロッパでよく用いられた、木骨造りといいます。近世イギリス貴族が建てた、テューダー様式のカントリーハウスによく使われた手法です」

「イギリス風なんですね」

「洋風の煉瓦だけでなく、日本でもなじみ深い黒木が組み合わされているので、和洋折衷建築に取り入られました。木骨のあいだの壁に、さまざまな装飾が施されているのがわかりますか？」

外壁を注意して観察すると、寄木造りにも似た模様がモザイクのように施されていた。

「近世イギリスの建築は、伝統を重んじる風潮があり、家の大きな工法は何世代にもわたって決められたルールに従いました。その代わり、こうした外壁や木骨、窓や扉といった細部に流行を感じさせるのが、英国人流の粋《いき》だったんです。いわば、遊びの部分ですね」

「なるほど。それにしても、さきほどからお話を伺っていると、加賀さんはずいぶんとイギリスの影響を受けているんですね」

「加賀は二十二歳の頃に、ロンドンの日英博覧会を見物したあと、ヨーロッパに遊学したんです。数年後に帰国したとき、イギリスでの記憶をもとに、大山崎に山荘を建設しました。大山崎の地を選んだのも、ウィンザー城から見たテムズ川の流れと、淀川へとつづく三つの川の流れとを重ねたからだそうですね」

「では、ここはテムズ川のほとり？」

桐子は笑顔で肯いた。

山荘の玄関口は、生活空間だった別荘を思わせるような狭さで、人とすれ違うのもやっとな幅だった。

傘を閉じ、濡れた服をハンカチでぬぐいながら進んでいくと、木のぬくもりが感じられる、こぢんまりとした格式高い空間が広がった。美術館に来たというよりも、一個人の別荘に招かれたようで癒される。

受付で購入したチケットを受けとった咲子に、桐子が言う。

「さきほど、外観の木骨造りにイギリス風の〝粋〟が取り入れられているという話をしましたが、ここからは同じ観点で、よろしければ、山荘に隠されたさまざまな〝粋〟に注目していただけますか？」

「わかりました」

まるで謎解きの手がかりを渡されたようで、咲子はくすりと笑った。

展示ケースには、蘭の花を表したスケッチや木版画が並んでいた。

近寄って眺めると、花弁の細かい斑点や、おしべやめしべの一本一本に至るまで、どれも細密に描写され、蘭の植物学的な特徴をよく捉えており、勉強にさえなる。その一方で、色使いは本物以上に鮮やかで、花弁の個性がよく伝わった。

「きれいですね。家に飾ってずっと見ていたくなります」

一目で魅了された咲子は、そう呟く。

「これが、加賀正太郎による『蘭花譜』のコレクションです」

桐子によると、『蘭花譜』とは、加賀が自ら育成した蘭の美しさを、日本画や浮世絵の技術を駆使して記録し、自費で三百部ほど出版したものだという。

加賀の『蘭花譜』は、日本有数のボタニカル・アートとしても名高い。ボタニカル・アートとは、単に植物をモチーフにした美術品とは異なり、学術的に誤りなく、植物の種名を特定できるほど、正確に描写されていることが大切なのだとか。

「なるほど。モネの《睡蓮》とは違うわけですね」

桐子は「たしかに」と咲子に同意しながらも、「ただし加賀は、学問のための記録としてだけではなく、一点の絵画として、いわば美術品として、鑑賞に値するものを望んだそうです。だから共通点もありますね」と付け加える。

「カトレヤ・モナーク〝オオヤマザキ〟……大山崎の名前がついたものもありますね」

となりで鑑賞する優彩が、それぞれのキャプションを見比べながら言う。

たしかに、ここで交配された新種なのか、オオヤマザキという名前がついた花が複数あった。いずれも長く立派な名前が冠され、貴族の名前みたいだ。実際、レリオカトレヤ・ムラサキシキブという花もある。

「こうして見ると、蘭って官能的ですよね」と、優彩がしみじみ呟いた。

「同感です」と、咲子も肯いて「加賀さんはいつ頃から、蘭の栽培をはじめたんです？」と、桐子に訊ねた。

「加賀が蘭の魅力にとりつかれたのは、一九一〇年、二十二歳のときに、やはり英国のキューガーデンで洋蘭を見たときでした。はじめは英国産の蘭や、英国経由で輸入した蘭を栽培していましたが、やがて世界中から原種を直接取り寄せるようになったとか」

「この山荘で育てていたんですか？」

「ええ、温室があるんです。大山崎は三川が交わるうえに高低差があるので霧深く、湿度も温度も蘭に適した場所だ、と加賀は考えていたそうです。蘭栽培の天才と呼ばれる専門の園丁を雇って、人工交配一一四〇種、鉢数一万近くにのぼる蘭を生みだしました」

「そんなに？　ものすごい数」

咲子は感嘆しながら、加賀正太郎にも実の子どもがいなかった、と解説文に書かれていたことを、ふと思い出す。

「それだけ多くの蘭を育てたからこそ、やがて加賀は、その美しさをなんとか永遠に保存できないだろうかと考えるようになり、『蘭花譜』の制作に精魂を傾けるようになったんでしょうね。下絵は、この山荘を自ら訪ねてきた日本画家に、彫《ほ》りと摺《す》りは当時の第一人者に依頼しました。初版が刊行されたのは一九四六年でした」

「その頃といえば、戦争の影響もあったのでは？」

咲子の質問に、桐子は肯いた。

「資材も人材も足りず、蘭のコレクションも大きな打撃を受けていました。燃料がないと、適切な温湿度に保つことはできませんからね。だからこそ、いっそう『蘭花譜』の存在意義は高まったわけです」

「だからこそ？」

「ええ。私には、加賀は戦争を体験したからこそ、『蘭花譜』を絶対に完成させるぞという決意を固めたように思えます。芸術は、物理的に空腹を満たすことも、身体をあたためることもできない。だから戦時中、画材の配給を受けられなくなった芸術家も多かった。そんななかでかえって、芸術は生きるうえで必要なものだ、と加賀は確信したはずです」

桐子の何気ない話に、咲子は固まった。鼻の奥がつんと痛む。

「どうかされました？」

「じつは……夫もまた、同じようなことを言っていたんです。芸術は人生をゆたかにしてくれるって。たしか、私が生け花をやめようか、迷っているときでした。人間関係で悩んだせいです。でも夫は、生け花はきっと君の心を救ってくれるから、たとえ少し休んでも、つづけるべきだって助言してくれたんです」

なぜ夫がこの屋敷を気に入ったのか、よくわかった気がした。

「よかったら、山荘のなかをもう少し見学しませんか？　たぶん加賀の、並々ならぬ芸術への愛が伝わると思います」

桐子はそう前置きをすると、別の部屋へと咲子をいざなった。

咲子たちは、受付やミュージアムショップのある最初の広間に隣接する、山本記念展示室にうつった。そこでは山荘で所蔵されている、絵付けの皿やガラス細工といった工芸品が展示ケースに並んでいた。

「たとえば、この天井装飾をご覧ください」

桐子が指す方を見ると、天井や暖炉の際《きわ》の木枠に、細かな意匠が彫り込まれていた。優彩とともに歩み寄って、目を凝らす。

「タケノコ？」

思わず呟くと、桐子は「正解」とほほ笑んだ。「タケノコは、大山崎がある乙訓郡《おとくにぐん》の名産品なんです」

タケノコがいくつも並んだ意匠は可愛らしく、遊び心があって癒される。

他にも、暖炉の上部には、中国の後漢時代に墳墓《ふんぼ》を飾った、画像石《がぞうせき》という骨董品《こっとうひん》が組み込まれていた。

「そうやって見ると、あのガラスも歴史がありそうですね」

咲子が暖色に輝く窓ガラスを指すと、桐子は「そうなんです」と肯いた。「建設当時ヨーロッパから取り寄せたステンドグラスで、金が練り込まれています。さきほど咲子さんに注目してくださいと伝えた〝粋〟は、こういう細部のことだったんです」

空間にさりげなく隠された〝粋〟なアートを、宝探しのように見て回っていると、ずっと傍らで黙っていた優彩が、ぽつりと呟いた。

「なんだか、芸術に対する愛もそうだけど、加賀さんのご夫人への愛を強く感じますね」

咲子はふり返り、「どうして？」と、その横顔に訊ねる。

「勝手にそう思っただけなんですけど……こういう芸術の美を生活に取り入れたということは、奥さんへの愛もあったからなんだろうなって思ったんです。だって仕舞《しま》いこんで、一人で楽しむこともできたわけじゃないですか。たとえ劣化させるリスクを背負っても、手間をかけて、一緒に楽しめるように工夫しながら生活空間に組みこんだ。それって、奥さんにも気に入ってほしかったからこそですよね」

夫もまた、調度品や美術品など、高額の買い物をしてくることがあった。それらを見せられるたび、自分の知りえぬところで大金を使ってくる夫に対して、咲子は置いてきぼりにされているような寂しさを抱いた。その置いてきぼり感は、延命治療をしないと一方的に言われたときの、突き放された気分にも似ている。

でも本当は、夫もまた、妻と一緒に楽しみたかったのかもしれない。咲子はまさか自分のためだとは想像もしなかった。優彩のような視点を持てず、卑屈になって心を閉ざしていた自分を反省する。

「誰かのために、大切に磨かれた場所だったからこそ、地元の人たちに愛されつづけ、取り壊しを免れたとも言えますね」と、桐子。

「取り壊されそうになったんですか？」

「加賀が亡くなり、ついで夫人も世を去ると、この山荘は一九六七年に加賀家の手を離れました。その後、何度か転売を経たあと、老朽化が進み、代わりに大規模なマンションを建設する計画が浮上したそうです。でも地元の有志によって保存活動が展開され、行政から要請を受けたアサヒビール株式会社が山荘を復元し、美術館として公開して今に至るんです」

「それを聞くと、今こうして自由になかを見学できることに感謝せずにはいられませんね」と、優彩が感じ入るように言う。

「でしょう？　多くの人の愛が、この場所を守ってくれたんです」

館内を見回すと、あちこちに散りばめられたアートが、目や心を楽しませてくれて、咲子は急に涙が溢れそうになった。

——夫は私に、本心を見せてくれない。

この旅の最初に自分が言ったことを思い出す。

でも本当は、自分の方が、夫の本心を知ろうとしないだけだった。

知ることを恐れ、勝手に勘違いして傷ついていたが、それは愚かだった。

——言い残したことはない？

夫からそう切り出されたのは、緩和ケア病棟に入院しているときだ。

いくつものチューブにつながれた夫は、小さい声ながら改まった調子で訊ねた。

その真剣なまなざしから目を逸らし、咲子は枕元で荷物の整理をつづけた。

——言い残すって？　お金のことは、もう聞いたよ。

——そうじゃない。もっと大事なことだよ。君は俺に、伝えられていないことはないかな？　俺から聞きたいと思っていることはない？

夫らしくない優しい口調に、咲子は泣くのを堪《こら》えた。

そんなの、山ほどあった。でも、病気で死に直面している人に、今どんなふうに思っているのかを訊くなんて残酷すぎる。それに、自分の悲しみを伝えることで、夫に罪悪感を抱かせたり、負担をかけたりしたくもなかった。

——別に、ないよ。

笑顔をつくって答えた。

——でも俺は自分が死んだあとのことを、ちゃんと二人で話し合っておきたいんだ。たとえば、君に出会いがあったら迷わず再婚すればいいし、あの家だって無理に住みつづける必要はない。死ぬ方より、残される方がずっと大変だからね。俺がいなくなったあとで、二人でもっと話しておけばよかったと君に後悔してほしくないんだ。

——ごめんなさい、書類を提出するのを忘れてたから、受付に行ってきます。

咲子は話を遮《さえぎ》り、逃げるように病室を出ていった。

せっかく夫と深く話し合うチャンスだったのに、咲子は拒絶した。

廊下で涙をぬぐいながら、気がついた。自分はまだ、なんやかんやで奇跡が起こって、まだ夫は死なないんじゃないかという、てんで非現実的な可能性にすがっている。夫の死を受け入れたくなかった。

延命治療をしなくてよかったの？　もっと長く生きていたいんじゃないの？

訊きたくて仕方ない反面、死にたいともう一度言われたら、咲子は立ち直れる自信がない。

他人の本音を聞くことが、これほど怖いのは人生ではじめてだった。

モネの《睡蓮》が展示されているのは、地下の展示室だった。

ガラス張りになった入口の空間は、睡蓮が咲いている池の間近にあって、まるで水底に降りていくような感覚になる。二十メートルほど、まっすぐ延びるコンクリートの階段を下りた先に、〝地中の宝石箱〟という展示室が待っていた。

円筒の形をした展示室は薄暗く、ゆるやかにカーブしたコンクリートの白い壁に、三点の《睡蓮》が掛けられていた。

そのうち二点は正方形で、大きい方は二メートル近く、小さい方は一メートルほどの大きさだった。三点目は、これまでの旅で挙がったなかでは珍しく、幅二メートルほどの横長の画面である。

とくに咲子が目を引かれたのは、横長の《睡蓮》だった。冬の朝を思わせる暗めの水面で、鮮やかな赤い睡蓮が咲き誇っている。周囲の葉っぱは緑ではなく、深みのある水色で描写され、まるで雨が降りだして、ぽつぽつと水紋が広がっているようだ。

どうして夫は、ここの《睡蓮》にこだわったんだろう。

鑑賞しながら考えていると、桐子から「少しいいですか」と声をかけられた。

「じつは柳橋さまから、お預かりしているものがあるんです。この展示室で渡してほしいと言われていました」

そう前置きをして桐子が差しだしたのは手紙だった。無地の封筒に収められている。夫から手紙を受けとったことなんて一度もないので、予想もしない演出である。咲子は動揺しながらも、手紙の封を開けた。

咲子へ

僕は死ぬまでに一度、君をこの場所に招待したいと思っていました。

ついにその夢が叶った今、なぜそう思ったのか、種明かしをさせてください。

この《睡蓮》をはじめて見たとき、僕は君と出会ったばかりでした。グアムへの出張から戻ってきて、フライトアテンダントだった君にまた会いたいと、そんなことばかりを日々考えていました。だからこの《睡蓮》の前で、いつか君と一緒に見たいと思ったんです。

モネの《睡蓮》ほど、素直な作品はありません。人は《睡蓮》を鑑賞しながら、自分の偽りない心を見ることができます。自分も気がつかなかった本心に、向きあうことができます。昔の僕もまた、今君が立っているその展示室で、君に連絡をしようと心を決めたんです。

いわば、この《睡蓮》は、僕と君を結びつけてくれた仲人でした。

咲子は涙のせいで、途中から手紙を読めなくなった。

「すみません、人前で泣いたりして」

「お気になさらないでください。よかったら、咲子さんが落ち着くまで、私たちは外で待っていましょうか」

咲子はハンカチで涙を拭き、顔を左右に振った。

「いえ、ここにいてください。今は一人よりも、誰かといたい気持ちなんです。あの、できれば、もう少しモネについて、私に教えてくれませんか？　たとえば、モネはどんな家族がいて、どんな女性と結婚したんでしょうか？」

そうですね、と桐子は呟いて《睡蓮》の方を見上げた。

「モネは生涯にわたって、女性モデルをほとんど雇わなかったことで知られています。当時はたくさんのモデルと交流して浮名を流す画家も多いなか、モネは真面目といってもいい私生活を送りました。風景画に集中していた、という理由もあったと思いますが、たとえ女性を描くとしても、妻や娘たちばかりでした。それは、奥さんのことを愛していたからなんじゃないかといわれています」

「愛妻家だったんですね」

「諸説ありますが、私はそう思います。モネは妻を病気で亡くしたとき、死の床についた妻の肖像画を描きました。とても切なくて、モネの喪失感が胸に迫ってくるような一点です。シングルファーザーとしての重圧もあり、その頃が一番精神的に追い詰められていたんでしょう。そのあと再婚しますが、亡くなった前妻はモネにとって生涯、特別な存在だったんだと思います。実際、数々の絵のモデルとして登場する姿を見ていると、モネの愛情が伝わりますからね」

桐子の言わんとすることは、咲子に十分伝わった。

「ありがとうございます」

咲子はふたたび手紙に視線を落とした。

延命治療を拒んだ僕のことを、君は許せないかもしれない。でも、君の気持ちは仕方のないことだし、悪いのはすべて僕です。君はなにも間違っていません。もし逆の立場なら、僕も同じ気持ちになったと思います。

でも僕の生涯が君より先に終わるのは、ただの宿命で、誰にも変えられない。

君はこの先長くつづくだろう君の人生を、君のための人生を、悔いのないように生きてください。

最後に。

僕はモネの《睡蓮》だけではなく、この美術館そのものが好きなんです。それにここには、モネの作品が他にも所蔵されていて、その一点が《エトルタの朝》。今日はぜひそれも見てほしい。僕は《エトルタの朝》を見るたび、自分や、大切な人の人生も、また、こんなふうに光輝くものであってほしいと感じます。

手紙から顔を上げ、ふり返ると、たしかにその一点が飾られていた。

まぶしい朝の光が降りそそぐ、海岸の絵だった。風が強いのか、白い波が打ち寄せているが、ピンク色に染まった砂浜では、ボートの脇で人々が戯《たわむ》れる。深くて濃い青をした遠くの海の脇で、切り立った崖がそびえるが、それすらも穏やかに光っている。

これほど爽やかで希望に満ちた情景を、咲子は知らなかった。

「夫にとって特別だったのは、じつはこの絵でもあったみたいです」

咲子は二人にも打ち明ける。

「《エトルタの朝》が、ですか？」

「ええ。それに、この場所そのものが好きだから、ここに来てほしかったって」

夫はもう、自分の死を受け入れている。一方で、夫の死を受け入れられない妻の心境についても、よく理解している。こちらの悲しみや葛藤をわかったうえで、闘病ではなく、潔く死ぬことを選んだのだ。

咲子はこの手紙を読んでもなお、夫に一日でも長く生きてほしかった。でも、延命治療をしてほしい、と夫に望むのは間違っていると気がつく。それは単なる、自分のエゴでしかない。

涙をぬぐい、手紙を閉じて、同行してくれた二人に頭を下げる。

「ありがとうございました。もう大丈夫です」

最後にもう一度、モネの《睡蓮》を見上げる。

山荘の敷地内に咲いていた、数々の花がよみがえる。これは花道だった。夫が準備してくれた、夫婦でたどる最後の花道だった。

＊

地上階に戻り、木の温かみを感じる階段を上ると、正面に喫茶室が現れた。

店内は、丸テーブルがまばらに配置され、カーテンやカーペットは少し色褪《いろあ》せている。壁に掛かった小ぶりの額や、洋簞笥《だんす》なども、家主が生きていた頃の様子を伝えてくれるようだった。ガラス張りの扉を開けると、テラス席があった。

奈良の山々から吹きぬける薫風に包まれ、桐子は思わず深呼吸をする。

「晴れましたね」

声をかけると、咲子は肯く。

「ええ、いつのまにか」

山の稜線を隠すほどだった分厚い雨雲は過ぎ去り、真っ青な空が広がっている。

空は鮮やかな緑とコントラストを成し、三本の川はもちろん、遠くの街並みや山の草木に至るまで、くっきりと見えた。空気が雨に洗われ、透明度がぐんと高くなったおかげだろう。桐子が以前ここを訪れたときは、真冬だった。テラス席は寒すぎて、そもそも外には出なかったが、こんなにも気持ちのいい場所だったとは知らなかった。

手すりにもたれて眺めを楽しむ咲子の横顔も、ここに到着したときとは一変して明るかった。

「せっかくなので、お茶をしましょうか」

咲子の方から、提案してくれた。

「ぜひ」

桐子は店員に声をかけてから、空いていた席に腰を下ろした。

コーヒーではなく、あえて温かい紅茶を注文する。英国の香り漂うこの喫茶室には、紅茶の方がふさわしい気がした。上品なデザインのティーカップとともに、特製のワインケーキが運ばれる。

　他愛のない話をしながら味わっていると、ふと喫茶室に、小さい子ども連れの来館者が現れた。子どもは一、二歳くらいで、まだよちよち歩きである。会話もままならず、目が離せない年頃だ。

「お子さんがいらっしゃるの？」

　咲子から、そう訊ねられた。

「ええ、息子です」

「可愛いでしょうね」

　咲子は母子を眺めながらつづける。「子どもがいたら、私たち夫婦の関係も違っていたかもしれないなって、昔はよく思いました。でも、本当は、そうじゃなかった。自分たちの関係を、子どものせいにするのは間違っていますよね」

　その言葉は、桐子の胸に刺さった。

　桐子は、自分自身を咲子に重ねずにいられない。自分たち夫婦もまた、すれ違ってばかりいるからだ。

「私、この旅に来られてよかったと、今なら心から思います」

「ありがとうございます」

「こちらこそ。まさか、旅に出ることで自分や夫の本心を発見できるなんて、想像もしませんでした。私はただ、悲しかったんです。悲しすぎて、身動きがとれなくなっていただけでした。帰ったら、夫ときちんと対話してみたいです」

桐子は肯いた。

テラス席から大山崎の景色を眺めながら、ふたたび紅茶に口をつける。

新緑の風が、これほど心地いいとは知らなかった。

柳橋の庭は、モネの《睡蓮》を思わせる光に満ちていた。

睡蓮がみずみずしい葉を広げる池があり、その周囲にはさまざまな草花が植えられている。それらは絵画のようにバランスよく配され、なるべく都内の気候に適したものが選ばれたと聞いた。

植物学を研究する一翔の助言と、庭師である晴海の意向が、おそらく存分に生かされたに違いない。

その日、柳橋の自宅で開催されたお別れ会に、優彩は桐子や社長とともに訪れた。柳橋が望んだのか、お別れ会に暗いムードはなく、一般にも公開されることが決まった庭の、お披露目《ひろめ》会のようでもあった。

葬儀はすでに家族だけで行なわれたといい、家のなかで拝見させてもらった柳橋の遺影も、たくさんの花に囲まれていた。

池に咲きみだれる睡蓮を眺めながら、社長は呟く。

「まさか、あれが最期になるなんてね」

二週間前、優彩は桐子や社長とともに、緩和ケアをつづけていた柳橋の見舞いに訪れていた。柳橋は当初の診断より大幅に長く、がんと闘っていた。とくに最期に会ったときは顔色もよく会話もできたので、安心して帰ったことを思い出す。その後こちらから連絡をとることもなかった。

「本当ですね」

桐子が静かに、そう答える。

でも口には出さないが、みんな勘づいていたのだろう。あれほど入院を拒んでいた柳橋が、しばらく退院できない日々がつづいたからだ。心の準備はできていると思っていたのに、想像以上に落ち込んでいる自分がいた。

最後に《睡蓮》の旅に出かけてから、一年二ヵ月が経とうとしている。はじめは謎だらけの、難題ともいえるプロジェクトだったが、優彩にとっては、転職してからこれほど印象深く学びの多かった依頼はない。

「お久しぶりです」

なつかしい男性から、元気よく声をかけられた。

「花田さん」

久しぶりに再会した花田は、相変わらず大柄でよく日に焼けていた。すぐさま社長に紹介すると、「本当にお世話になりました」とお互いに頭を下げる。訊けば、庭に植えられた草花の入手先は、花田が評判のいい業者を紹介したらしい。

「最後にまた友だちに戻れるチャンスをくれたことを、今はただただ感謝したいと思います」

花田は悲しみを感じさせない口調で語ると、先に会場をあとにした。

また、喪服姿の一翔にも「お久しぶりです」と声をかけられる。

「息子が大変お世話になりました」

一翔に同行していた年配の男性は、本来、柳橋が旅をプレゼントするつもりだった一翔の父だった。

「旅に招待していただいたおかげで、一翔も、研究の道に進むっていう覚悟が決まったんですよ」

「そうでしたか」と、社長はほほ笑んだ。

訊けば、一翔はインターンシップで世話になった企業でアルバイトをつづけながら、植物学の博士課程に進んでいるという。

「どちらか一方を選ばなくていいっていう助言を桐子さんにいただいて、本当にそうだなと思ったんです。それに、子どもの頃、柳橋さんと一度会ったときに、〝好きなものがある人生はそれだけで幸せだ〟って言われて、そのことを話したら、柳橋さんも憶えてくださっていました。なんだか、それだけで全肯定してもらえた気分になって」

柳橋は旅のプレゼントをしただけではなく、旅をきっかけに代理人たちと新しい関係を築いたようだ。

晴海と華月もそうだった。晴海のおかげで、見事によみがえったこの庭は、「モネの庭」と銘打って、一般公開をつづけられるように、今後も長期的な視点で手入れされていくという。

華月や晴海にも、少し挨拶をした。もうすぐ中学生になる華月には、文房具のお祝いを渡し、応援していることを伝えた。

「また、優彩さんと一緒に美術館に行きたいな」

「ありがとう、私もだよ」

他でもない優彩自身も、このプロジェクトのおかげで少し自信がついて、顧客対応でトラブルを起こす回数も減っている。うまくいかないときは、相変わらず暗いトンネルを進んでいる気分だが、いずれ外に抜け出せば、大山崎で見たような晴天が広がっているはずだ、と前向きになれた。

庭の中心の、芝生になった広場には、咲子の生け花が飾られていた。

大きな流木《りゅうぼく》に、色とりどりの花が添えられている。生け花のことはよくわからない優彩だけれど、芸術品としての堂々とした迫力と、細部にわたる遊び心があり、咲子の自己表現というよりも柳橋の人生そのものを表すようで、個人的なメッセージを感じた。

「いい作品ですね」と、社長がしみじみと言う。

「はい。ここにあるお花は、どれも素敵です」と、優彩も肯く。

「柳橋さんも喜んでいるだろうね」

そのとき、社長が知り合いから声をかけられた。

二人きりになったタイミングで、桐子が切りだす。

「じつはね、優彩ちゃんに話したいことがあって」

「うん？」

「私、いよいよ離婚するかもしれない」

「えっ、そうなの？」

倉敷の大原美術館の帰りになんとなく打ち明けられてから、たまに二人で食事やお茶をするときに、夫との関係については報告を受けていた。少しずつ話し合いを重ねていると聞いて、修復に向かっているのかと想像していた矢先である。

「最初のうちは、やり直したいし、努力すればやり直せると思っていたけど、もうこれ以上傷つけあう意味を見出せなくなってきたんだよね。お互いに好きで、別れたら悲しいのに、別れるしかないときってあるんだなって、最近ひしと感じてる」

心配しながら桐子の方を見たが、案外、表情は暗くはなかった。

「わかりません。ただ、このままじゃよくないってことはわかります」

「昴ちゃんはどうするの？」

「わからない。夫も、親権が欲しいって言ってるからね」

目を伏せた桐子に、優彩は語りかける。

「話してくれて、ありがとう。どんな結果になっても、私はとにかく桐子さんの味方だよ」

優彩が握った手を、桐子はきつく握り返した。

それから二人は黙ったまま、絵画そのもののような庭を眺めていた。

桐子が打ち明け話をしてくれたのも、優彩が励ます言葉を伝えられたのも、柳橋の美しい庭のおかげだろう。庭のなかに身を置いていると、不思議と自分の心に素直になれるからだ。

――あの日の《睡蓮》をまた見てみたい。

柳橋はじめて会ったとき、優彩たちに言った。

彼の願いは、昔の友人や恩人の力を借りて完成された庭を見届けたことで、間接的に叶えられたようだ。

睡蓮だけでなくアイリスやアガパンサスといった、モネが庭に植えてカンヴァスに描いた植物を見つける。これまでの旅で出会った、モネ作品の記憶と重なった。《睡蓮》の連作のように、この庭もまた季節や天候、時間を変えて、永遠に表情を変えていくのだろう。池の向こうで、訪れる人たちにほほ笑みかける柳橋の姿を見たような気がした。

参考文献

『国立西洋美術館名作選』国立西洋美術館、新藤淳、中田明日佳編、西洋美術振興財団、二〇一三年
『ポーラ美術館名作選 西洋絵画・日本の洋画』ポーラ美術振興財団ポーラ美術館、二〇一五年
『大原美術館＋ 作品151と建築』大原美術館、二〇二二年
『蘭花譜 京都・大山崎山荘 主の愛した蘭』加賀正太郎原書監修、青幻舎、二〇二四年
『西洋絵画の巨匠1 モネ』島田紀夫著、小学館、二〇〇六年
『がん 患者を生きる』朝日新聞医療グループ編、朝日新聞出版、二〇〇七年
『いけばな 知性で愛でる日本の美』笹岡隆甫著、新潮新書、二〇一一年
『面白くて眠れなくなる植物学』稲垣栄洋著、ＰＨＰエディターズ・グループ、二〇一六年

扉イラスト　宮下和

本文デザイン　大久保明子

この作品は文春文庫のために書き下ろされたものです。

DTP制作　エヴリ・シンク

文春文庫

定価はカバーに
表示してあります

モネの宝《たから》箱《ばこ》
あの日《ひ》の睡蓮《すいれん》を探《さが》して

2025年1月10日　第1刷

著　者　一色《いっしき》さゆり
発行者　大沼貴之
発行所　株式会社　文藝春秋

東京都千代田区紀尾井町3-23　〒102-8008
TEL　03・3265・1211㈹
文藝春秋ホームページ　https://www.bunshun.co.jp

落丁、乱丁本は、お手数ですが小社製作部宛お送り下さい。送料小社負担でお取替致します。

印刷・萩原印刷　製本・加藤製本
Printed in Japan
ISBN978-4-16-792323-5

（　）内は解説者。品切の節はご容赦下さい。

磯﨑憲一郎
日本蒙昧前史
大阪万博、ロッキード事件など、戦後を彩る事件をそれぞれの渦中の人物の視点で描く、芥川賞作家の傑作長篇にして、文体の真骨頂。第56回谷崎潤一郎賞受賞作。（川上弘美）
い-94-2

伊吹有喜
雲を紡ぐ
不登校になった高校2年の美緒は、盛岡の祖父の元へ向う。羊毛を手仕事で染め紡ぐ作業を手伝ううち内面に変化が訪れる。親子三代「心の糸」の物語。スピンオフ短編収録。（北上次郎）
い-102-2

岩井俊二
キリエのうた
歌うことでしか声を出せない路上シンガー・キリエ。マネージャーを自称するイッコ。二人と数奇な絆で結ばれた夏彦。別れと出逢いを繰り返し、それぞれの人生が交差し奏でる〝讃歌《うた》〟。

い-103-4

今村夏子
木になった亜沙
切なる願いから杉の木に転生した少女は、わりばしとなり若者と出会った——。他者との繋がりを希求する魂を描く歪で美しい作品集。単行本未収録のエッセイを増補。（村田沙耶香）
い-110-1

一色さゆり
ユリイカの宝箱
アートの島と秘密の鍵
落ち込む優彩のもとに、見知らぬ旅行会社から「アートの旅」の案内が届く。頼れるガイドの桐子とともに、優彩は直島を旅することになり——。アートと旅をめぐる連作短編集！
い-112-1

上田早夕里
播磨国妖綺譚
あきつ鬼の記
律秀と呂秀は、庶民と暮らす心優しい法師陰陽師の兄弟。村に流れる物騒な噂を聞き調べる中で、呂秀は「新しい主」を求める一匹の鬼と出会い、主従関係を結ぶことに。（細谷正充）
う-35-2

内田英治
ミッドナイトスワン
トランスジェンダーの凪沙は、育児放棄にあっていた少女・一果を預かることになる。孤独に生きてきた凪沙に、次第に母性が芽生えていく。切なくも美しい現代の愛を描く、奇跡の物語。

う-37-1

（　）内は解説者。品切の節はご容赦下さい。

江國香織
赤い長靴
二人なのに一人ぼっち。江國マジックが描き尽くす結婚という不思議な風景。何かが起こる予感をはらみつつ、怖いほど美しい十四の物語が展開する。絶品の連作短篇小説集。（青木淳悟）
え-10-1

小川洋子
妊娠カレンダー
姉が出産する病院は、神秘的な器具に満ちた不思議の国……妊娠をきっかけにゆらぐ現実を描く芥川賞受賞作。「妊娠カレンダー」「ドミトリイ」「夕暮れの給食室と雨のプール」。（松村栄子）
お-17-1

小川洋子
やさしい訴え
夫から逃れ、山あいの別荘に隠れ住む「わたし」とチェンバロ作りの男、その女弟子。心地よく、ときに残酷な三人の物語の行き着く先は？　揺らぐ心を描いた傑作小説。（青柳いづみこ）
お-17-2

小川洋子
猫を抱いて象と泳ぐ
伝説のチェスプレーヤー、リトル・アリョーヒン。彼はいつしか「盤下の詩人」として奇跡のように美しい棋譜を生み出す。静謐にして愛おしい、宝物のような傑作長篇小説。（山﨑　努）
お-17-3

奥田英朗
無理（上下）
壊れかけた地方都市・ゆめのに暮らす訳アリの五人。それぞれの人生がひょんなことから交錯し、猛スピードで崩壊してゆく様を描いた傑作群像劇。一気読み必至の話題作！
お-38-5

大宮エリー
思いを伝えるということ
つらさ、切なさ、何かを乗り越えようとする強い気もち、誰かのことを大切に想う励まし……エリーが本当に思っていることを赤裸々に、自身も驚くほど勇敢に書き記した、詩と短篇集。
お-51-3

荻原　浩
ひまわり事件
幼稚園児と老人がタッグを組んで、闘う相手は？　隣接する老人ホーム「ひまわり苑」と「ひまわり幼稚園」の交流を大人の事情が邪魔するが。勇気あふれる熱血幼老物語！（西上心太）
お-56-2